「香桜里、目を開けろ。いいものが見られるぞ」
「やっ……」
香桜里は、みっともなく快楽に溶けた顔を正視できずに顔を背ける。
「俺に抱かれているときのおまえの顔は綺麗だ。最高にそそられる」

敏腕CEOの愛は重すぎる!?

～逃れられないプロポーズ～

御厨 翠

Vanilla文庫Miel

敏腕CEOの愛は重すぎる!?
〜逃れられないプロポーズ〜
Presented by
SUI MIKURIYA
with
MICHIWO KOMASHIRO

イラスト／駒城ミチヲ

プロローグ

頬を撫でる風に春のぬくもりが感じられるようになった、三月中旬。店の外を通りかかった袴姿の女子学生を目にした香桜里は、胸の痛みを感じて視線を逸らした。

（あれからもう三年か……）

大学を卒業してから三度目の春を迎えるが、この季節はいつも切なく胸が軋む。ある出来事が、ずっと心の片隅に残っているからだ。

学生時代、香桜里は一生分の恋をした。だが、自らその恋を手放した。しかも、わざと嫌われようとして、相手に手ひどい言葉を投げつけた。

そのときの彼の顔は、今も脳裏にこびりついている。思い出すと胸がかき毟られるような苦しさを覚え、罪悪感で息苦しくなった。

（そんな資格なんてわたしにないのに）

自嘲した香桜里は、思考を振り払うように店内に目を向ける。

大学を卒業後、小さな花屋に就職した。店の名は、『une fleur』――フランス語で、一輪の花を意味している。従業員は、店長とアルバイト店員がひとり、それに香桜里の三人しかおらず、こぢんまりとしているアットホームな店だった。

主な仕事は、接客やネットからの注文の受付、電話対応などだ。アレンジメントなどの専門的な作業については店長がひとりで担当しているが、いずれ香桜里も国家資格のフラワー装飾技能士やカラーコーディネーター検定の資格を取って、仕事に役立てたいと思っている。

（店長には、お世話になったもんね）

この店に紹介してくれたのは叔母だった。香桜里は両親を亡くし、父の妹の叔母に引き取られて育ったのだ。独身の叔母は両親の分もことさら愛情を注いで可愛がってくれたし、香桜里も彼女が大好きだった。

大学を卒業するまで彼女の住まうマンションで過ごし、就職を機にひとり暮らしを始めて三年。その間も頻繁に連絡を取り合っているが、決まって叔母は「何か困ったことがあるなら遠慮せずに言いなさい」と言ってくれる。

（叔母さんに、心配かけないようにしないと）

大学を卒業する前、香桜里は人生を揺るがすような事態に見舞われた。その結果、就職を希望していた会社の内定を辞退し、恋を自ら手放すことになった。

けれども、それもしかたのないことだと諦めている。すべては、分不相応な願いを持ったがゆえに起きたことだ。

(今はただ、あの人が幸せでいてくれることだけを願ってる)

目を閉じれば、彼の姿は今でも鮮明に思い出せる。香桜里に恋と好きな人に抱かれる悦(よろこ)びを教えた男の存在は、いまだに心に刻まれている。この先一生消えることはないだろう。

(もう結婚しているかもしれないな)

三歳年上の彼は、見目が恐ろしく整った男だった。自信家で傲慢(ごうまん)なところもあるが憎めない。いつも周囲に人が絶えず、強烈な存在感のある男だった。

思い浮かべた彼の顔を振り払うように、店の奥にあるパソコンの前に座る。ネットや電話で受けた注文を確認するためだ。

(えっ、これって……)

数日前、店長が引き受けている注文者の名を見て、わずかに目を見開く。そこには、日本でも有数の大企業の社名が記されていた。小さな花屋に直接注文があったこともそうだが、香桜里が驚いたのはそこではない。

忘れたくても忘れられない男。三年前に別れた彼が勤めている会社だったからだ。

(偶然、よね)

配達日は三日後。場所は、店から車で二十分程度の場所にある高級ホテルの大宴会場だった。メッセージカードを希望し、『祝　傘寿(さんじゅ)』の文字を指定されている。おそらく、社の重役の傘寿を祝う集まりなのだろう。

（大丈夫。会うはずがない）

花の配達は、香桜里に一任されている。小さなアレンジメントなら配達も楽だが、今回は一番大きな花束の注文だ。現地で花を運ぶ姿は目立つだろうが、届けるのは会場の受付が始まる前だ。彼との遭遇を心配することはない。

香桜里は小さくため息をつくと、動揺を押し隠すようにパソコンを閉じた。

1章　再会のキス

桜の樹に蕾が膨らみ始め、樹々がうっすらとピンクに染まる季節。岡野香桜里は、配達用の車を都内の高級ホテルの地下駐車場に停めた。

（早く着き過ぎたけど、これならあの人に会う心配はないもんね。……ううん、もし会ったとしても顔を忘れられているかも）

今日はいつものように、デニムのパンツと無地の白いシャツ、その上に店のロゴと『une fleur』と店名の入ったエプロンを着用している。装飾品の類はいっさい身に着けておらず、化粧もほとんどしていないから素顔と変わらない。唯一の飾りといえば、背中の中ほどまである黒髪を結んでいるシュシュのみである。

もともとお洒落に無頓着だったこともあるが、大学時代はそれでもまだ自分なりに頑張っていた。恋人が、端整で見目のよい男だったからだ。

香桜里がとなりにいても、彼が恥ずかしい思いをしないように。その一心で、必死だった。彼の周囲には、同性異性問わず容姿が華やかで、実家が裕福な人が多かったのだ。

もちろん彼は、香桜里が地味な恰好をしていても気にするような人ではなかった。それどころか、彼のバックボーンを知って気後れしていた香桜里に、『祖父たちが築き上げた会社は確かにすごいが、俺自身に力があるわけじゃない』と、ふたりの間に格差はないと……自分もただの学生だと安心させてくれた。

(それなのに、わたしはひどいことを言ってあの人を傷つけてしまった。恨まれていてもしかたないけど……)

香桜里の知っている彼は、人を恨むような負の感情を抱く男ではない。常に自信満々で、己の信じた道を突き進む。恨む暇すらもったいないと、そう考える人だ。

彼の顔を思い出しては、胸が切なく疼く。

香桜里は思い出を振りきるように花束の入った箱を持つと、館内に入った。

このホテルには何度か配達に来ており、大宴会場の場所も心得ている。慣れた足取りで大きな箱を抱えて進んでいくと、程なくして指定された会場前にたどり着いた。

会場の出入り口前には受付が設置されていて、関係者と思しきスタッフがいるのが見える。足早に受付まで来ると、スタッフのひとりに声をかけた。

「『une fleur』です。ご注文のお花をお届けに上がりました。こちらに受け取りのサインをお願いできますか?」

「ご苦労様です。『une fleur』さんですね。少々お待ちください」

花束の入った箱を受け取ったスタッフは、なぜかその場を離れてしまった。

(なんだろう？　伝票にサインをしてもらうだけでいいのにな)

パーティーが始まるまではまだ時間があるため、周囲に招待客の姿はない。だが、あまり長居をするのも憚(はばか)られる。

忙しく動きまわるスタッフを横目に、所在なくその場に佇(たたず)んでいたときだった。

前方から歩いてきた長身の男性を見た香桜里は、思わず息を詰めて立ち尽くす。

(どう、して……)

まるでほかの何も見えていないかのように、真っ直ぐにこちらに向かってきた男性は、誰もが目を奪われてしまうほど整った容姿をしている。強い意志と自信を感じさせる鋭い瞳もスッと通った鼻筋も完璧な造作(ぞうさく)で、思わず見惚(みと)れてしまうほどだ。

髪を軽く後ろに流し、上品なスリーピーススーツを隙なく着こなしている男は、今年二十八になるが年齢よりもやや上に見える。彼の纏(まと)っている強烈なオーラが、年齢以上の存在感を引き出しているのだ。

男は香桜里の目の前で足を止めた。顔を忘れられているかも、などと考えたが甘かった。彼は明らかに香桜里を認識してこの場にいる。

「……お久しぶりです。冠城(かぶらぎ)さん」

静かに告げると、深々と腰を折った。

目の前の男――冠城祐輔（ゆうすけ）こそ、香桜里が三年前にひどい言葉で傷つけて、別れた男だったのである。

「三年ぶりに会ったのに、言うことはそれだけか」

冷ややかな声を投げかけられて、びくっと肩を震わせる。何かを言わなければいけないと思うのに身体は強張（こわば）り、顔を上げることができない。

（わたしに、言い訳をする資格なんてない）

彼と別れたとき、未練が残らないように手ひどい言葉を告げていた。でもそれは本心からじゃなく、彼の親に脅されていたから身を引いただけ。香桜里は今でも祐輔に想いを残し、別れたあとも恋人はいなかった。結局、未練を断とうとしても叶わなかったのだ。

（……でも、別れてよかったんだ）

祐輔の周囲には、社会的地位の高い人が集（つど）う。いや、周りにいる人間だけではない。彼自身が、誰もが羨（うらや）む地位にいる。香桜里とは住む世界が違う男で、ふたりの間には明確な格差があった。

「……失礼します」

いたたまれなくなった香桜里は、踵（きびす）を返して逃げるように立ち去ろうとする。だが、祐輔に強引に肩を摑（つか）まれた。

「逃がすと思うか？　俺がどれだけ捜したと思ってる」

unefleur

「捜した、って……どうして」

思いがけない言葉を聞いて視線を上げたが、彼からは答えを得られなかった。

祐輔は「時間がない。おまえは別室で待っていろ」と傲慢に告げ、いつの間にか彼の傍(かたわ)らに控えていた男性に声をかける。

「こいつを空いている控室に連れていけ。くれぐれも逃がさないようにな」

「かしこまりました」

男性の了承の言葉を聞き、香桜里は慌てて声を上げる。

「待ってください！　わたしはこのあとも仕事が」

「おまえの勤め先にはもう連絡済みだ。——逃げるなよ」

祐輔は念を押すように言い含めると、男性に後を託(たく)してその場を離れた。

（いったいどういうこと……？）

戸惑っていると、苦笑した男性が名刺を差し出してくる。

「申し遅れました。冠城祐輔の秘書を務めております。大泉(おおいずみ)と申します」

受け取った名刺には、『社長秘書』と記されていた。それは、祐輔の立場が三年前と変わったことを示している。

「……岡野です。わたしは、お渡しする名刺を持ち合わせていないのですが」

名刺を受け取って恐縮していると、「お気になさらず」と秘書が笑った。

四十前後と思しき秘書は、黒縁眼鏡に七三分けをしており、生真面目な印象を与える男だ。香桜里にも丁寧に接し、「こちらにどうぞ」と言って歩き出す。

「岡野さんも戸惑われているとは思いますが、どうかここは社長の意を汲んでいただけないでしょうか。そうお時間は取らせないと思いますので」

「……わかりました」

ここで秘書にゴネてもしかたがない。しぶしぶ大泉の後に続いて館内を歩くと、パーティー会場の近くにあるドアを開かれ、中に促された。

「こちらでお待ちください。社長もすぐにまいります」

「あ、あの……申し訳ありませんが、伝票にサインをいただけませんか？　先ほど受付でいただけなかったので」

「ああ、申し訳ありません。岡野さんが到着したら、必ずお引き止めして社長を呼ぶよう通達されていたのでそのせいでしょう」

大泉はソファに座るよう告げると、香桜里が差し出した伝票にサインしてくれた。

「では、私は少々席を外します」

「はい……ありがとうございました」

丁寧に一礼して大泉が去ると、ひとり控室に残された香桜里は所在なく部屋を見まわした。そう広くはないが、高級ホテルなだけあって控室も居心地がいい。ソファやテーブル、その他の調度品も上品だ。それだけに、自分が場違いに思えてしまう。

（さっき大泉さんは、わたしを引き止めるように通達したって言ってたな）

ひどい別れ方をした。それなのに祐輔は、香桜里を捜していた。彼ほどスペックの高い男なら、別れた女にこだわらずとも相手は掃いて捨てるほどいるだろう。

そう思うのに、祐輔が捜してくれたことを嬉しく感じている自分がいる。

（嫌いで別れたわけじゃないけど……わたし、未練がましいよね）

香桜里は自嘲すると、彼と付き合っていた三年前の出来事を思い返した。


祐輔と初めて会ったのは、香桜里が大学に入学したばかりのころだった。

サークルや部活動の勧誘で賑やかな敷地内をひとりで歩いていると、やけに美形の男と目が合った。長身で、バランスのいい体格をしている。まさしくイケメンという言葉がぴったり嵌まる男だった。

つい目を奪われていると、大勢の学生に囲まれていた男は人の輪を抜け出して香桜里に近づいてきた。

「もうどこのサークルに入るか決めた？」

「いえ……わたし、そういうのに興味がないので」

目の前の男は、香桜里が積極的には関わらないタイプだった。端麗な容姿もさることながら、大勢の人たちの中にいても妙に目立つ。常に人の中心にいることが当たり前のような雰囲気を醸し出している。

一方香桜里は友人もそう多くはない。広く浅く付き合うよりも、限られた人数と深く付き合うタイプだ。ひとりでいても苦にならず、どちらかといえば騒がしい場が苦手だった。

「決まってないなら、俺たちのサークルに入らないか？」

そう言って差し出されたチラシには、『文芸サークル』と書いてあった。

（文芸……？）

意外に思った香桜里は、つい目の前の男を見上げた。彼の雰囲気から、てっきりスポーツ系のサークルだとばかり思っていたのだ。

「意外だって顔に書いてあるな」

「あ……すみません」

「いや、よく言われる。けど、そんな堅苦しいサークルじゃない。部室もあるわけじゃないし、集まりたいときに図書館に集まってそれぞれ本を読んでるだけだからな」

そんな説明をされたものの、新たな疑問が脳裏に浮かぶ。

「……どうしてわたしを勧誘したんですか」

彼ならば、ひと声かければ大人数を勧誘できそうだ。現に今も、彼と話したそうにちらちらとこちらを見ている女性のグループがいる。そう伝えると、男は端整な顔に不敵な笑みを浮かべた。

「一応、これでも俺が代表だからな。サークルに入れたいって思ったやつにしか声はかけない。きみの場合は、浮ついた感じがなくて真面目に見えたから誘った。第一印象を大事にするんだ、俺は」

　視線を逸らさずに告げられて、香桜里はつい男に見入る。

　彼は世辞でも嘘（うそ）でもなく、自分の感じたままを口にしている。堂々とした態度と明瞭な口調、それに真っ直ぐな眼差しが、男の言葉が真実だと物語っていた。

「俺は、冠城祐輔。経済学部の四年だ。もしサークルに入る気になったら、明日の夕方に図書館に来てくれ」

　祐輔はそれ以上しつこく誘う真似はせず、人の輪の中に戻って行った。四年だと言ったが、堂々とした態度と体軀（たいく）、そして整った見目が年齢よりも大人びさせていた。

　彼の背を見送った香桜里は、手渡されたチラシをじっと見つめる。

　派手さのないモノクロのチラシだが、文字の配置とフォントにセンスを感じる。よけいな装飾はせずに伝えるべき情報を簡潔に記してあるチラシを見て、香桜里は好感を持った。

　文芸サークルに対する第一印象は悪くない。もしも香桜里が気楽な立場だったなら、迷わずサークルに入るだろう。

(本は好きだけど……バイトも探さないといけないしな)

香桜里は八年前より、叔母とふたり暮らしをしている。十歳のときに父母を交通事故で亡くし、引き取られたのだ。

四十五歳になる叔母・千春は独身のキャリアウーマンで、数年前に外資系大手商社を退職したのちに起業し、輸入業を営んでいる。仕事をバリバリとこなす彼女は、性格も竹を割ったようにさっぱりしていて、ひとり残された香桜里を「うちにおいで」と迎え入れてくれた。

これまで愛情を注いでくれた叔母にこれ以上負担をかけないためにも、早く自立して恩返ししたいと思っている。

(勉強もおろそかにできないし、頑張らないと。サークルに入る余裕はないから断ろう)

このときはそう思っていたのだが――。

翌日、偶然に祐輔と会ってしまった。しかも、チラシを渡されたときと同様に、彼は大勢の人々に囲まれていたが、なぜか香桜里を見つけて駆け寄ってきたのである。

「きみ、昨日の子！　そういえば名前を聞いていなかった」

「岡野……香桜里です」

「カオリってどんな漢字？」

どうして彼は、大勢の人たちの中から自分を見つけるのだろう。不思議に思いつつ漢字の説明をすると、祐輔は整った顔に微笑(ほほえ)みを浮かべた。

「綺麗な名前だな。今の時期にぴったりだ」

何気なく告げられて、意図せず鼓動が跳ねた。なんのてらいもなく、純粋に褒(ほ)められて嬉しかったのだ。

香桜里の名前は、父母が考え抜いたうえにつけてくれたのだと生前に聞いていた。小学生のときに、自分の名前の由来を調べるという宿題があり教えてもらったのだ。

「……ありがとうございます」

自然と笑みを浮かべ、彼を見上げる。祐輔は一瞬虚(きょ)を衝(つ)かれたような顔をすると、ボディバッグの中から紙を取り出した。

「これ、入部届。名前書いてくれ」

「あの、申し訳ありませんが……わたし、サークルは入らないことに決めたんです。アルバイトも探さないといけないですし」

「バイト？　職種は何か希望はあるのか？」

「い、いえ……特にありませんけど、どうしてですか？」

困惑して答えた香桜里に、祐輔は「俺のバイト先を紹介できそうだから」と、当たり前のように告げて説明を始めた。

「俺は駅の近くの本屋でバイトをしているんだけど、そろそろ卒論のこともあるし辞めないといけなかった。本屋でよかったら、店長に紹介する」

「それは、ありがたいですけど……」

本は好きだったし、バイト先としては理想的だ。だが、それと同時に不安になる。

「先輩は、会ったばかりのわたしのことを、バイト先に紹介していいんですか？　いい加減な勤務態度だったら、紹介した先輩の信用まで落ちることになります」

もちろん、バイトが決まれば真面目に勤めるし、適当な仕事をするつもりはない。けれど、祐輔は香桜里の性格を知っているわけじゃない。それなのに、どうしてそこまで世話をしようとするのかが理解できなかった。

「面白いな……気に入ったよ。そんなふうに心配されたのは初めてだ。やっぱり俺の見る目は正しかったな」

自画自賛した祐輔は、鷹揚（おうよう）な笑みを見せた。

「他人の信用が落ちるかもしれないと心配する人間が、いい加減な勤務はしないだろ。今から時間あるか？　さっそく紹介する」

祐輔は強引に話を進めると、本当に香桜里をバイト先に連れて行った。

本屋の店長からは、「冠城くんの紹介なら安心だ」と言われ、採用が決定した。時給や勤務日数など詳細を聞き、あっという間に翌週から勤務することになった。

彼は、こうと決めたら譲らない強引なところのある男だった。周囲を上手く巻き込み、結果的に、皆にとって最善の選択をしている。この男に任せておけば大丈夫だと、信頼させる術に長けていた。

その後、香桜里は祐輔の勧めに応える形で文芸サークルに入部した。

活動はバイトや勉強に影響しない範囲でいいと熱心に誘われ、もともと本が好きだったことが決定打となってサークル活動を決めたのだった。

部員は祐輔のほかに数名の男女がいたが、全員が集まることは皆無だった。せいぜい二、三名しか来ないことも珍しくない。しかし、香桜里が図書館にいると大抵祐輔が来て、読んだ本の感想を言い合っていた。

そのころの祐輔はすでに代表をほかのメンバーに譲っていたくせに、頻繁にサークルに顔を出すのが不思議だった。けれど彼と過ごす時間はとても穏やかで、いつしか図書館に赴くのがひそかな楽しみになった。

祐輔はそうそうに就職を決めていたらしく、「時間があったから顔を出した」と言っては、図書館やバイト先に来て香桜里を構った。本屋の店長やサークルのメンバーからも、「ふたりは仲がいいけど付き合ってるの？」と聞かれるほどで、そのたびに否定してはくすぐったいような、気恥ずかしいような気分を味わった。

ところが、そんなふたりの関係に変化が訪れる。出会ってから五カ月後。九月の半ばのことである。

いつものように図書館の椅子に座り、香桜里は本を読んでいた。

入り口から一番離れた場所にある席は、サークルメンバーの定位置になっている。利用者がほかにいない静かな室内で活字に触れていると、少し遅れてやってきた祐輔がとなりに腰を下ろした。

「あれ？　先輩、今日は何も読まないんですか？」

いつもは選んだ本を持ってくるのに、なぜか手ぶらだったため問いかける。祐輔は、

「今日は岡野に会いに来ただけだから」と言うと、真面目な表情で香桜里を見つめた。

「単刀直入に言う。――俺と付き合ってくれ」

「えっ……」

予想外の台詞に固まった。告白されたのが初めてだったのも一因だが、それよりも戸惑いのほうが強い。この五カ月の間で祐輔は一番近しい異性になっていたものの、あくまでも先輩と後輩という間柄でしかなかったからだ。

彼と一緒にいるのは居心地がよく、笑顔になれることが多かった。祐輔が自然体で接してくれていたから、身構えずにいられたのだ。

祐輔の存在は、香桜里にとって大きくなっている。それは確かだ。だが、この男であれば、どんな女性でもより取り見取りである。魅力的な男が、なぜ自分に告白をしてきたのかがわからない。

「……どうして、わたしなんですか？」

「好きだと思ったからだ」

彼の答えは簡潔だった。いっさいの迷いがない。表情や口調からも、冗談ではなく本気なのだと伝わってくる。

「おまえと一緒にいると自然体でいられる。会話がなくても苦にならないし、会話があれば楽しい。真面目なところもいいな。予定がないときはサークルに顔を出して、必ず本を読んでるだろ」

「……せっかく入ったサークルですから」

そう言ったものの、祐輔と過ごす時間が楽しかったから図書館に通っていたのも多分にある。本が好きなのは事実だが、最近では彼と会うためにサークルに来ているといっても過言ではなかった。

不純な動機の活動になっていたのが恥ずかしく、視線を泳がせる。すると彼は、さらに攻め込んでくる。

「岡野は、俺を恋人として見られないか？　自分で言うのもなんだが、少なくともおまえに嫌われてはいないと思ってる」

自信たっぷりに祐輔が言う。実際、彼を嫌うどころか好意を持っている。そうじゃなければ、いくら本が好きでも頻繁に図書館に来ない。

彼と過ごすうちに、なぜ周囲に人が集まるのかもわかった。祐輔は面倒見がよかったし、誰に対しても平等に接している。美形でありながら気取らず、自信家なところも魅力的だ。

（それに、わたしも……先輩といると自然体でいられる）

祐輔が自分と同じように感じてくれていたことが嬉しかった。告白されて戸惑いはあるが、困ってはいない。むしろ、胸が甘酸っぱい想いで満たされている。

「わたしでよかったら……よろしくお願いします」

香桜里は、彼の告白を思いきって受け入れた。祐輔に釣り合っているとは思えないけれど、後ろ向きな考えよりも、目の前の彼と一緒にいられる喜びが勝ったのだ。

祐輔はとても喜び、その後友人やサークルのメンバーに香桜里と恋人になったと宣言した。恥ずかしさもあったが、恋人だと紹介されてしあわせだった。

ふたりは時間が許す限り共に過ごした。デートも、キスも、恋する気持ちも、全部彼が教えてくれた。初めての経験に香桜里は夢中になり、祐輔といる時が長くなるほどに想いを膨らませていた。

初めて抱かれたのは、その年のクリスマス。ふたりで過ごしたときのことだ。

「ちょっとお洒落してデートしよう」と、クリスマス前に誘われ、香桜里は叔母のアドバイスを受けて、いつもよりも大人びたワンピースでデートに臨んだ。

待ち合わせ場所に行くと彼はスーツを身に着けていて、やはりふだんよりも素敵だった。

足を踏み入れたことのないような高級なレストランで食事をして、お互いにプレゼントを贈り合った。香桜里はバイトをして貯めたお金で、ネクタイをプレゼントした。就職を控えた祐輔に、使ってもらえればと選んだ品だ。

祐輔は、ネックレスを贈ってくれた。「指輪にしようと思ったけど、それは俺が就職して稼いでから贈る」と言い、「この先も一緒にいよう」と真剣に告げられた。

香桜里は嬉しさのあまり涙ぐみ、申し出を受け入れたのだった。

その後、あらかじめ予約していたというホテルに誘われた。

想い合うふたりにとっては自然な流れだったし、抱かれるなら祐輔以外に考えられない。誘いに首肯すると、彼は香桜里を高級ホテルの一室に連れてきた。

そこは、これまでの人生でまったく縁がなかった豪奢（ごうしゃ）な部屋だった。すべてが一流品で完璧に調（ととの）えられ、窓から見える景色ですら隙がなく美しい。ラグジュアリーな雰囲気に圧倒されて部屋の入り口で呆然と佇んでいると、祐輔が香桜里を飽き締める。

「緊張してるのか？」

「……はい。先輩は慣れてるでしょうけど、わたしは何もかも初めてなんです。高級レストランも、ホテルも……その、すごく高かったですよね」

まだふたりとも学生の身だ。祐輔は今日のために、かなり無理をしたのではないか。そんな心配をしていると、「クリスマスくらい格好つけさせろ」と言って彼がかすかに笑う。

「おまえは慣れてるって言ったけど、俺も緊張してる」

「えっ、嘘……」

「嘘じゃない。好きな女を抱けるんだ。緊張しないほうが変だろ。嘘だと思うなら、心臓の音聞いてみろ」

香桜里の頭に手を添えた祐輔は、自身の胸に押し付けた。いつもよりも速い彼の鼓動が耳に届く。まるで、全速力で駆けたときのようだ。

彼も自分と同じように緊張していると思うと、ほんの少しだけ安心して身体の強張りが解ける。祐輔はそれを見計らったかのように抱きしめていた腕を離し、噛みつくように唇を重ねた。

「んっ、んぅ……っ」

彼とキスをするのは初めてではない。もう何度もこうして口づけられた。

初めては図書館で、触れるだけのキスをした。初デートで行った遊園地では、舌を搦める深いキスを教えられた。

最初は息継ぎすらできなかったけれど、幾度となくキスを交わすうちに上手くできるようになった。それでも、祐輔とキスをするときはいつもドキドキする。いつの間にか夢中にさせられて、キスに溺れてしまうからだ。

舌の表面をねっとりと舐り、誘い出した香桜里のそれを吸い上げてくる。そうされると、痺(しび)れたように身体が震えてしまい、彼の胸に縋(すが)りつく。

「んんっ、ン！　ふ……うっ」

口腔(こうこう)で舌を絡ませ合っているうちに、唾液が溜まってくる。くぐもった声を漏らしながらふたり分の唾液を嚥下(えんげ)すると、胎(はら)の中がきゅっと疼(うず)いた。

祐輔はキスを解かないまま、香桜里のワンピースのファスナーを下ろした。

足元に落ちた服を気にかける余裕もなく、もつれ合うようにしてベッドの上に倒れ込む。そこでようやく唇が解放された。

「あ……」

身体を跨(また)いで膝立ちになった彼に見下ろされ、思わず引きつった声を上げる。これまで見たことがないほどに、祐輔がすさまじい色気を放っていたからだ。

彼は視線を逸らさずに上着を脱ぎ、ネクタイを首から引き抜いた。一連の動作は流れるように自然で無駄がなく、目が離せない。

「香桜里、少し腰上げてくれ。脱がせたい」

「っ……」

ストレートに告げられて羞恥(しゅうち)を覚えたものの、言う通りにすると、彼は香桜里のストッキングに手をかけた。やさしい手つきであっという間に脱がされて、ブラとショーツだけを纏った姿になってしまう。祐輔の視線が肌を這(は)うように注がれ、頬(ほお)が朱(しゅ)に染まる。

「あ、あんまり見ないでください」

「悪いが断る。やっと香桜里を抱けるんだ。おまえのすべてをこの目に焼き付けたい」

　自身のシャツのボタンをもどかしそうに外した祐輔が覆いかぶさってくる。

　彼の引き締まった上半身と自分の肌が重なり、心臓が痛いくらいに拍動した。これから行われることを期待しているかのように、肌が熱く火照り出す。

　祐輔は香桜里のブラを押し上げ、まろび出たふくらみを両手で包み込んだ。彼の大きな手がリズミカルに双丘を揉みしだく。弾力を楽しむような手つきでやわやわと揉まれ、初めての感覚に身を捩る。

「やぁっ、あ、んっ」

　唇から漏れる声の甘さに羞恥が増し、思わず唇を噛みしめる。すると彼は、声を煽るように胸の先端を指で摘まんだ。刹那、身体にぴりっと電流が流れたような刺激を味わう。

「は、ぁっ……せんぱ、い……」

「そろそろ名前で呼べ。祐輔、って、ほら。言えるだろ?」

　乳首をこりこりと撫で擦りながら祐輔に乞われ、香桜里は総身を震わせながら応えた。

「んっ、ゆう……すけ……さ、んっ」

　ただ名前を呼んだだけなのに、甘酸っぱい気持ちでいっぱいになる。祐輔は、「〝さん〟はいらない」と笑みを見せると、勃起した乳首を口に含んだ。

「あぁっ……や、だぁっ……」

彼の口腔に招き入れられると、唾液を纏った舌の上で転がされる。飴玉を転がす動きで乳頭を刺激され、快感が香桜里の体内で渦巻いた。

シャワーを浴びていない肌にキスをされるなんて恥ずかしい。それなのに、気持ちいい。熱に浮かされるような感覚がして、香桜里はただシーツを握り締める。

「だ、め……っ、祐、輔さ……っ、シャワー、浴びてないから、ぁっ」

「シャワーなんて浴びなくても、香桜里は綺麗だ。それに、俺が待てない」

顔を上げた祐輔が切なげに眉を寄せ、ふたたび乳房にしゃぶりつく。そこを吸引しながら太ももに指を這わせ、ショーツの上から割れ目を擦る。

かすかに濡れて布が張り付いている秘裂を指で往復され、香桜里は腰を左右に振って身悶(もだ)える。布越しとはいえ秘すべき場所を擦られているだけでも逃げだしたいのに、快感の印が滲(にじ)んでいる。それを知られるのが恥ずかしい。

「やぁっ……そこ、は……や、ぁっ」

甘い声で訴えるも、祐輔は聞き入れてくれなかった。

本気で香桜里が嫌がればやめてくれるだろう。けれど、今彼が行為を進めようとしているのは、本当は嫌がっていないとわかっているからだ。

(気持ち、いい……どうして、こんな……)

何もかもが初めての体験で、香桜里はただ与えられる快感に戸惑った。身体がどんどん昂ぶっていく。性の知識は人並みにあるが、いざ自分が体験すると困惑する。

セックスが、これほど羞恥を覚えるものだとは思わなかった。祐輔とでなければ、絶対にしようと思わない。逆に言えば、彼とだからこそ経験したい。初めて好きになった男に求められたことが嬉しく、その想いに応えたかった。

祐輔に身を委ねるかのように、ふ、っと、香桜里の身体から力が抜ける。彼はそれを敏感に感じ取ったのか、ショーツの上で遊ばせていた指を裾から侵入させた。同時に乳首に軽く歯を立てられ、香桜里の腰が撥ね上がる。

「んっ、あぁっ」

彼の指が直接肉筋に沈むと、くちゅっ、と、淫らな音が鳴った。彼の愛撫で潤った証だ。自分がいやらしくなった気がしていたたまれないのに、水音はどんどん大きくなっていき、なぜかもどかしさを覚えてしまう。

祐輔の指が愛液を塗しながら花弁を擦り、秘部をぬちゃぬちゃとかき混ぜる。そんな場所は、人に触らせるべきではない。まして入浴をしていないから、なおさら拒否感が募る。

「ゆ、祐輔さん……っ、汚いから、放して……っ……い、やぁっ」

堪らずに訴えると、顔を上げた男が薄く笑った。

「おまえに汚い部分なんてない。香桜里の匂いも味も、全部俺のものだ」

祐輔の指先が、割れ目の奥に潜む花蕾（からい）を掠（かす）めた。その瞬間、鮮烈な刺激に身を震わせ喉を反らせると、それまでで一番大きな艶声を上げる。

「あ、ぁあああっ……！」

びくびくと四肢を小刻みに揺らす香桜里を見た彼は、満足そうに笑った。

「すごい溢（あふ）れてきたぞ。気持ちいいならそう言え。俺は、おまえを感じさせたい」

くちゅくちゅと音をかき鳴らしながら、祐輔が言う。

気持ちよ過ぎる。自慰すらしたことのない身には、あまりにも強過ぎる快感だ。下肢が熱を持ち、とろとろに溶けていく。けれど、そう口にするには香桜里は性に初心（うぶ）だった。

しかし祐輔は、さらに愛撫を加えて追い詰めてくる。

手早くショーツを脱がせると、包皮に守られた花芽を剥（む）き出しにした。愛蜜を纏わせた指で蕾をくりくりと撫でられて淫悦が募る。敏感になった身体は彼の指技に従順で、快楽を得ようと淫蜜を噴き零す。

「んぁっ、はぁっ……ゆ、すけ……っぅん！」

身体が熱くて堪らない。胎の奥からせり上がってくる愉悦（ゆえつ）に冒され、思考ごと弾け飛びそうだ。

「一度達（い）っておけ。どんな顔で達くのか俺に見せてくれ」

祐輔は乳房を揉みながら、花芽を指先で押し擦った。香桜里は与えられる官能にひたすら肢体を泳がせ、強烈な快感に身悶える。

「あ、あっ……ん、ぁあぁ……ッ」

綺麗にセットした髪はシーツの上に波を打ち、足の間からはとめどなく蜜が滴(したた)っている。目の前が白くぼやけ、呼吸を浅く繰り返しながら呆然としていると、彼に髪を撫でられた。

「ふだんは凛(りん)としているのに、俺の手でこれほど乱れるなんて意外だな」

「や……恥ずかし……」

「この程度で恥ずかしがっていられないぞ。……本番はこれからだ」

艶を含んだ声で告げると、祐輔は自身のベルトを外した。ズボンを脱ぎ捨て、ボクサーパンツを引き下ろすと、欲望の塊が天を衝く。

「っ……！」

息を詰めた香桜里は、彼の欲望から目を逸らす。初めて見た男性の性器は、恐ろしさを感じる造形だ。先端から垂れている滴(しずく)も、長大な刀身もひどくいやらしい。ほんの一瞬見ただけなのに胎の中が疼くのは、女の本能なのだろう。

「香桜里」

名前を呼ばれおずおずと顔を動かすと、避妊具をつけた彼に大きく足を開かれた。

「やっ……」

達したばかりの身体は、少し触れられるだけでも快感を拾う。薄い下生えはたっぷりと濡れていて、蜜口から溢れた淫液がシーツに染みを作る。

彼は自身の昂ぶりをひたりと割れ目に添えた。薄い膜越しでもわかるほど雄塊は脈を打ち、その質量にぞくりとする。身体は期待に濡れていたが、わずかに残った理性は、あまりにも大きい彼自身を身の内に収めるのは無理だと言っている。

無意識に腰を引こうとすると、祐輔に両膝を摑まれた。彼は香桜里の膝を胸に押し付けるような体勢を取らせると、自身の先端で割れ目を擦る。

「ひ、ぁっ……」

ぬちっ、と、濡れた音が耳に届き、全身が燃えるように熱くなる。一番無防備な部分を擦り合わせている。その淫靡な行為にくらくらした。

視覚的にも卑猥（ひわい）だが、互いの陰部が触れていることで生まれる淫悦に感じてしまう。

彼の先端が剝き身の花蕾を掠めるたびに、香桜里の腰が左右に揺れる。けれどそれは自身を追い詰める行為にほかならず、胎内に蔓延（はびこ）る愉悦を逃がすことが叶わない。

「あぅっ、いや、ぁあっ」

「いい声だな。もっと啼（な）かせてやりたくなる」

熱塊（ねっかい）を割れ目で往復させていた祐輔は、蜜孔に自身をあてがった。丸みを帯びた切っ先が小さな入り口に添えられるだけで圧迫を感じ、身体が強張る。すると彼は、宥（なだ）めるように香桜里の淫芽を撫でた。

「あんっ、は、ぁっ……！」

意識が彼の指に集中した刹那、肉傘が蜜口に挿入された。身体がふたつに引き裂かれるような痛みに襲われた香桜里は、涙目で彼を見上げる。祐輔もまた苦しげに眉根を寄せ、何かを堪えているようだった。

「は……っ、あっ……く、ぅっ」

「力を抜け、香桜里。それじゃあ痛いだろ」

「んっ、できな……」

「大丈夫。ゆっくり息をして、俺を見ろ」

祐輔に告げられて、呼吸を繰り返す。彼は、香桜里の身体が慣れるまで、辛抱強く待っていてくれた。どくどくと己の内側で脈打つ存在を感じて彼を見つめると、祐輔は宥めるように笑みを浮かべ、つながりの上部を指先で弾いた。

「あ、ぅっ、ん！」

「俺の指の動きを追っていればいい。そうすれば感じられる」

彼は腰を動かさないまま、香桜里を感じさせることに集中していた。まだ痛みはあるが、気遣いが嬉しくて胸が幸福感で満たされる。わずかに身体から強張りが解けると、彼はその一瞬を逃さずに、一気に腰を沈めてくる。

「ひ、ぁっ……んぁあっ！」

「全部、入ったぞ。わかるか?」

額に汗を浮かべながら祐輔が言う。その表情は、ぞくぞくするほどの色気があり、香桜里は見惚れてしまう。

いつも人の中心にいるような男が、自分を強く求めて身体を繋げている。誰よりも彼を近くで感じているのだと思うと、胎内が歓喜する。

「祐輔さ、ん……好き」

まなじりに涙を浮かべ、素直な気持ちが自然と零れた。いつもは恥ずかしくて口にできないが、今や祐輔は香桜里にとってなくてはならない存在になっている。彼の愛情に応えたいと強く思う。

「おまえから〝好き〟って言ってくれたのは初めてだな。けど、そんなこと言われると止まらなくなる」

「ん、っ」

奥までみっしりと埋め込まれていた祐輔自身の質量が増した。香桜里が身震いして小さく喘ぐと、彼はゆるゆると抽挿(ちゅうそう)を始めた。限界まで押し拡げられた蜜窟を行き来され、思わず身を捩らせる。

「は、ぁっ……あ、ぅっ」

彼は苦しげに息を吐き出しながら、内部を探るように腰をグラインドさせた。大切に扱ってくれているのが、祐輔のしぐさから伝わってくる。胎内がじりじりと焼け付くような感覚に喘ぎながらも、ねだるように彼を見上げた。

「ゆ、すけ……っ」

彼の名を呼んで両腕を上げると、祐輔は体勢を変えて倒れ込んでくる。香桜里はぴったりと身体が重なったことが嬉しくて、大きな背中にしがみついた。そのとき、

「悪い、動くぞ」

「あんっ、ぁあ……ッ」

祐輔は宣言すると、それまでよりも腰の動きを速めた。

媚肉に雄茎が擦れるたびに、ぐちゅぐちゅと淫らな音が鳴り響く。まだ痛みはあるが、彼が加減してくれているおかげでさほどつらくはない。熱の塊を胎内に放り込まれ、かき混ぜられる感覚に、香桜里は呼気を荒らげながら陶然とする。

（こんなに、しあわせなことだったんだ）

正直、こうして抱かれることに怖さはあった。未知の経験に対する恐怖もそうだが、身体を重ねてしまうと祐輔に溺れてしまう予感があったからだ。

初めて手を繋いだときやキスをした日は、ドキドキとして夜に眠れないほどだった。何度も彼の顔を思い出しては、ひとりで赤面していた。

そんな状態でセックスをしたらどうなってしまうのか。想像するだけで恐ろしかった。

自分が自分でなくなり、祐輔に心も身体も占領される。それに抵抗があったのだ。

けれども今得ている多幸感は、それまで抱いていた不安をたやすく拭い去り、ただただ彼への愛しさだけが心に残る。

「痛むか？」

甘く掠れた声で問われた香桜里は、左右に首を振った。痛みがないわけではない。それよりも、彼と抱き合う嬉しさが勝っている。だから、祐輔にも同じくらい喜びを感じて欲しかった。

「わたしは大丈夫、だから……」

今のままでは祐輔がつらいはずだから、自分のことは気にせず思うままにしてくれていい。その想いをこめて見つめると、彼の喉仏が上下した。

「っ、おまえは……あまり煽るな」

呻（うめ）くように告げた祐輔は、次の瞬間自身の身体を起こして膝立ちになり、激しい抽挿を開始した。香桜里の両足首を持ち上げて、思いきり腰を叩きつけてくる。

「あぅっ、あ……んッ、やっ、ぁあぁっ！」

これまで緩やかだった抽挿が一転し、一気に激しさを増した。肉傘で内壁を削られたかと思えば、限界まで引いた腰を打ち込まれる。粘膜を余すところなく擦られ、香桜里はひたすら衝撃に耐えた。

（やっぱり、我慢してたんだ……）

香桜里を気遣ってゆっくり動いてくれていたが、今の彼は完全に箍が外れたかのように腰を振りたくっている。

遠慮のない腰使いは、骨が軋みそうなほど苛烈だ。重苦しい感覚が下腹を犯し、ぐらぐらと視界が歪む。

「や、ぁあっ、激し……祐輔さ……っ」

「香桜里……っ」

祐輔は香桜里の足首を解放すると、今度は両足を自身の肩へ引っかけた。腰が浮く恰好になり、交わりの角度が変わると、新たな喜悦が身体を苛む。

（わたし、変……こんな……どうして）

香桜里は、自分の感覚が徐々に変化していることに戸惑った。かなりの痛みを伴っていたはずが、少しずつ快楽を得ている。ずんずんと突き上げられるたびにその感覚は大きくなっていき、下肢が甘く痺れる。蜜襞はやわらかに解れ、肉槍に健気に絡みついていた。

「好きだ……香桜里。おまえしか欲しくない」

祐輔の声は快楽に染まり、いつも以上に艶やかだった。結合部が泡立つほどに激しく香桜里を穿ち、愛情を伝えてくる。

彼に好きだと言われながら抱かれていると、眩暈がしそうなほどの幸福感を得られた。

身体が心に連動し、意図せず蜜孔がきゅっと締まる。増幅する愉悦に苛まれながらも、行為に没頭していく。

室内は肉を打つ乾いた音と香桜里の嬌声で満たされ、淫猥な空気を醸し出す。

大きく足を広げて男を受け入れているなんて、ふだんの自分からは想像できない。祐輔が相手じゃなければ、こんなふうにすべてを曝け出せない。

（わたし、いつの間にこんなに好きになってたんだろう）

快感に塗れる思考の片隅で考えたとき、祐輔の肉傘がある箇所を引っかく。刹那、香桜里はびくびくと腰を震わせた。

「やぁっ、そこ……変な、感じが……っ」

「ここか。お前のいいところ」

祐輔は口角を上げると、集中的に胎内の一部を攻め立てた。彼自身にごりごりと擦られると、悪寒に似た感覚がせり上がってくる。何かに追い詰められるような感覚だ。腹部は熱く潤み、蜜肉はひくひくと収縮する。

「あっ、や……ぁあっ、ん！」

「おまえの感じている顔、腰にくるな。堪らない」

どこか愉しげに囁いた祐輔は、容赦なく媚壁を抉る。

香桜里は嬌声が止まらずに、ひたすら彼に翻弄された。腹の裏側を長大な雄槍で摩擦さ

れ、激しく貫かれるたびに双丘が上下に揺れている。胸の頂きはピンと張り詰め、振動だけで快楽を得ていた。

「いやぁっ……ゆう……っ」

「大丈夫だ、怖くない。——達け、香桜里」

「あ!? あぅっ、ん! ぁああ……ッ」

祐輔に声をかけられた瞬間、大きな淫欲の波に呑み込まれた。蜜窟の中にいる熱の塊を深く食み、ぎゅっと絞るようにして内壁が収斂する。全身から熱が放出され、目の前の景色が歪む。

香桜里はこれまでに経験がない感覚に虚脱した。呼吸を浅く繰り返し、恐ろしいほどの快楽に耐えていると、祐輔が肩に引っかけていた足を外した。

「あっ……」

「悪い、まだ終われない。もう少しだけ付き合ってくれ」

胎内にいる祐輔は、まだ硬度を失っていなかった。達したばかりで過敏になっている淫孔を往復され、香桜里はふたたび強すぎる悦に苛まれることになったのだった。

初めて祐輔に抱かれた日は忘れられない記憶として刻まれ、彼が卒業するまでの間は人生で一番しあわせな時間を過ごした。

互いに自家に住んでいたため、ふたりきりで会う場所は限られていたが、デートをしたり時に身体を重ね合ったりと、恋人として濃密な時を過ごした。

しかし、祐輔の卒業式当日。お祝いをするため訪れたレストランで、香桜里は信じられない告白をされる。

「今まで黙っていて悪かったが、俺の親は冠城ホールディングスの経営者なんだ」

祐輔は、誰もが名前を聞いたことがある一部上場企業の創業者一族だった。つまりは、御曹司というやつだったのである。

初めて明かされた事実に、香桜里は妙に納得した。祐輔は、どこかほかの人間とは違うオーラを放っていたから。

「大学を卒業したら、経営を手伝えと言われている。だけど俺は、ほかの就活生と変わらずにしっかり試験を受けて内定をもらっている。いきなり重役待遇じゃ周囲も納得しないだろうから、まずは現場に出て社会人としての基礎を学びたい」

彼は、色眼鏡で見て欲しくなかったから自分の素性を口にしなかったのだと言った。そして、これから忙しくなるが、ふたりで過ごす時間はなるべく作る、とも。それは、祐輔が今後も香桜里と恋人でいたいという宣言だった。

話を聞いて純粋に嬉しかった。けれど、同じくらい戸惑っていた。どう考えても、彼と自分では住む世界が違うからだ。

だが、祐輔は就職してからも、宣言通り恋人として大切に扱ってくれた。一日に一度は必ずメールが入るし、夜には電話もかかってくる。頻繁に会えずとも不安にならないように最大限配慮してくれた。

彼とは立場が違う。このまま付き合っていてもいいのだろうか——そう思う気持ちはあるのに、愛情をたくさん注いでくれる祐輔から離れることができなかった。

そうして季節はまたたく間に移り変わり、香桜里も就職活動をする時期になった。

叔母が外資系の大手商社に勤めていたこともあって商社に興味を持っていたため、三年の初夏にサマーインターンシップを申し込んだ。叔母から「外資を狙うなら、このインターンシップで結果を残せば内定に繋がる」とアドバイスを受けたからだ。

この時期になると、祐輔と会う時間がなかなか取れなくなっていたが、先に社会人になっていた彼は理解を示し、応援してくれた。

たまに会えたときは情熱的に求められ、身体の隅々まで愛される。大変なこともあったが、彼の存在が就活の支えになっていた。

無事に優秀な成績を残した香桜里は本選考まで進み、第一志望の企業から内定をもらえた。知らせを受けたときは、まっさきに祐輔に報告した。

彼が、「お祝いしよう」と食事に誘ってくれたのは、それからすぐのこと。香桜里が大学三年の秋口のことである。

祐輔は、初めてクリスマスを過ごしたときと同じように、高級レストランに連れて行ってくれた。

　豪華な食事を味わい、デザートまで堪能し終えたころ、彼はおもむろに小さな箱を取り出した。天鵞絨に包まれた箱の蓋を開けた祐輔は、香桜里にそれを差し出した。

「――香桜里。卒業したら、俺と結婚してくれ」

「え……っ」

「そんなに驚くことじゃないだろう？　俺はおまえしか考えられないし、おまえも同じだと思ってる。違うか？」

　自信たっぷりに告げられて、香桜里はなんとも答えられずに赤面した。

　確かに彼の言う通りだった。男女交際に限らず、香桜里はいろいろな人と付き合えるタイプではなく、限られた人々と深く交流するほうが性に合っている。ましてや、祐輔は初体験の相手だ。特別で大切な人だったし、この先も一緒にいられればいいとは思う。

　それでもプロポーズに即答できなかったのは、彼の家柄が頭の片隅にあったから。どうしても、身分違いだという思いが拭えない。

「あの、わたし……」

「今すぐに答えを出さなくてもいい。卒業式の日に答えをくれ。といっても、俺はおまえを手放すつもりはないからな。イエス以外の返事は用意するなよ」

　尊大に言い放ち、祐輔が笑う。すぐに答えを出せない香桜里に失望するでもなく余裕すら感じるのは、自信があるからだろう。

本当はすぐにでもイエスと言いたい。けれど、結婚となれば当人同士の気持ちだけではどうにもならない。まして彼は御曹司なのだからなおさらだ。

「……わかりました。卒業式には、必ず返事をします」

神妙に答えると、「イエスなら卒業式当日は指輪を嵌めていてくれ」と言われた。

頷いた香桜里は、指輪をひとまず受け取った。

思いがけないプロポーズに戸惑いはあるが、嬉しくないはずはない。喜びをひそかに嚙みしめて、指輪を眺めていたのだった。


（思えば、あのころが一番しあわせだったな）

過去に想いを馳せていた香桜里は、複雑な気分で目を伏せた。

大学を卒業してからは、それまで思い描いていた未来とはまったく違う道を歩んだ。内定していた外資系の商社は辞退し、祐輔の前から完全に姿を消した。叔母の家も出てひとり暮らしを始め、細々と日々を暮らしている。

今の生活に不満はないし、仕事も好きだ。ただ、祐輔と別れて胸に空いた大きな穴は、なかなか埋められなかった。おそらく、一生空虚な気持ちを抱えていくのだろうと、そう思っていた。

（それなのに、どうして……）

混乱が収まらず、部屋のドアを眺めていたときである。不意に、ドアが開け放たれた。

「待たせたな」

控室に入ってきたのは祐輔だった。ドアを閉めた彼は大股で香桜里のもとまで来ると、やや乱暴なしぐさでとなりに腰を下ろす。

恋人だったころの甘い時間を思い出していたせいか、今の祐輔は少し怖かった。端整な顔に表情はなく、腹に響くほど声も低い。学生時代よりも雰囲気が刺々しいのは、ひどい別れ方をした香桜里に怒っているからかもしれない。

恨まれてもしかたない。そう自覚していても、そばにいるだけで胸が高鳴っている。

（すっかり、大人の男の人になってるな……）

付き合っていたころの彼とは、見た目の印象がまず違う。髪は少し伸びているし、体つきが以前よりも逞しく見える。

何よりも、以前の祐輔にはこれほどの威圧感はなかった。社長という立場になったことで、身に着けたのだろう。

「……それで、なんのご用ですか」

香桜里は速まる鼓動を無視し、冷静に言葉を投げかけた。

となりにいる男とは、視線を合わせられない。彼の視線に囚われたら、三年間抱えてきた恋心を見透かされてしまう気がしたからだ。

「素っ気ない対応だな。三年ぶりに会った元恋人に、何か言うことはないのか」

〝元〟恋人、というワードに、ずきりと胸が痛む。自分から別れたというのに、身勝手な話だ。自嘲して視線を下げると、ぎゅっと手を握り締める。

「お話がないなら帰ります。仕事がありますから」

「やっと見つけたのに、ここで逃がすわけがないだろう」

祐輔は立ち上がろうとした香桜里の手を握って引き止めると、もう片方の手で顎を摑んだ。強い眼差しに怯んで息を吞み、ぎくりとする。彼の目が、三年前よりもずっと熱っぽく自分を見ていたからだ。

「俺はこの三年、ずっとおまえを捜していた。ようやく花屋で働いていることを突き止められたから、わざわざ配達を頼んだんだ」

「どうして、そんな……わたしを、憎んでいるんですか？　ひどい言葉を投げつけて、あなたを傷つけた。だから」

「違う。――おまえが忘れられなかったからだ」

切なげに告げると、顎を摑む手に力をこめた祐輔は、強引に香桜里の唇を奪った。

「んっ……ンンッ」

突然のキスに驚き、彼の胸を押し返そうとする。けれども、顎を摑んでいた手が後頭部に移動し、ぐっと力をこめられてしまう。頭を固定されて逃れられずに、ただ彼の口づけを受け入れる。

（忘れられなかった、なんて……ずるい。婚約者がいるくせに、どうしてわたしを捜す必要があったの？）

祐輔に婚約者がいると聞いたのは、香桜里が大学を卒業する一週間前のことだった。本人から直接告げられたわけではなく、第三者——彼の父親から明かされたことだ。

当時、香桜里は散々迷っていたものの、最終的にプロポーズを受けようと心を決めた。祐輔の真剣な想いを感じ、彼の気持ちに応えたいと思ったのである。

一緒に住んでいる叔母にプロポーズのことを話すと、香桜里の決断を尊重し、応援してくれた。

彼とは身分が違うし不安がないわけではなかったが、きっとふたり一緒なら乗り越えられると、そう思っていた。

だが、そんなときに彼の父親から「祐輔には内緒で会いたい」と呼び出された。

突然のことに戸惑いながらも、香桜里は呼び出しに応じた。祐輔に相談せずに会うのは気が引けたが、恋人の家族を無下にできないし、きちんと挨拶（あいさつ）をして認めてもらいたいと考えたのである。

待ち合わせに指定されたのは、叔母の家の近くにある喫茶店だった。

緊張して向かうと、祐輔とよく似た面立ちの紳士が先に来ていた。彼の父親は香桜里の顔を見ると座るように言い、挨拶もそこそこに話を切り出した。

『岡野さん……といったかな？　単刀直入に言うが、祐輔には婚約者がいるんだ。それなのにきみと結婚したいと言い出して、こちらとしても困っているんだよ。この婚約は、我が社にとっても大事なものでね。いわゆる政略結婚というやつだが、我々の立場ではよくあることなんだよ』

滔々（とうとう）と語られた香桜里は、最初意味を理解できなかった。――いや、理解するのを心が拒否したのだ。

婚約者の存在なんて初耳だった。もし知っていれば、彼と付き合うことはなかった。

自分は裏切られていたのだろうか――一瞬そう考えて、すぐに否定する。祐輔に告白されて恋人になり、彼がどれだけ大切にしてくれているかを身をもって知っている。それに、婚約者がいながらほかの女性と付き合うような不誠実な人ではない。

ということは、婚約は祐輔の意思に関係なく結ばれたものだろう。そして、冠城家では香桜里との付き合いは歓迎されていない。

彼の立場を知ったときから、身分が違うと思っていた。けれども、祐輔はそんなことを感じさせないほど愛情を注いでくれた。だから、夢を見てしまったのだ。彼と結婚し、この先も共に歩いていける、と。

『きみは、ご両親が亡くなって叔母さんと住んでいるそうだね。……叔母さんに迷惑はかけたくないんじゃないのかい？　きみがもし祐輔とこのまま付き合いを続けるようであれば、叔母さんは仕事を失ってしまうかもしれないね』

その言葉にぞっとした。祐輔の父は、香桜里の状況をすべて調べたうえで、『別れなければ周囲に圧力をかける』と脅してきたのである。

叔母は、両親に代わって愛情を注いでくれた大事な人だ。そんな彼女に、自分のせいで迷惑をかけるわけにはいかない。

香桜里は彼の父に、祐輔と別れると約束した。卒業を機にもう二度と会わないから、叔母の仕事の邪魔をしないで欲しいと訴えた。

祐輔と別れさせることが目的だった彼の父は、香桜里が約束を守れば二度と関わらないと言った。その言葉を信じて、卒業式のときに別れを告げたのだ。未練が残らないように、一番ひどい言葉を選んで。

けれど、再会した彼の薬指に指輪はない。祐輔がまだ結婚していなかった事実が、香桜里の心を大きく揺さぶる。

（こんなことしちゃいけない。それなのに……）

祐輔にキスをされていると、付き合っていたときの時間が蘇ってくるようだ。

久しぶりの口づけだったが、彼の癖は変わっていなかった。

口腔に舌を挿し入れ、ねっとりと歯列をなぞったあとに、軽く唇を吸われる。そうされると腰の辺りがぞくぞくとして、祐輔に意識が占められていく。

（駄目だってわかっているのに、嬉しいなんて）

この三年、祐輔を忘れた日は一日としてなかった。嫌いで別れたわけではない相手、しかもプロポーズを受けようとしていたのだ。簡単に忘れられるはずがない。

彼が好きで、それでも別れなければならなかった。やむにやまれず下した決断は、香桜里の胸に深い傷として残っている。

「もう離さない」

キスを解いた祐輔が、至近距離で囁く。彼が自分を忘れておらず、強く求めてくれているのが嬉しい。

しかし、素直に気持ちを表すことはできない。彼の父との約束を違えれば、叔母に迷惑をかけてしまうからだ。

「……迷惑です。やめてください」

身を切られるような思いで突き放そうとする。それでも、祐輔は引き下がらなかった。

香桜里の腰を抱き込むと、真剣な顔で続ける。

「おまえを見つけてから、暮らしぶりをすべて調べた。叔母さんの紹介で花屋に就職して、極力人と関わらず生活しているようだな。それに、恋人の存在も確認されていない」

「勝手に調べないでください……っ。仮に恋人がいなくても、もうあなたとは終わったんです。会うためだけに花を注文するなんて、二度としないでください」

「そうでもしなければ、おまえは俺に会おうとしなかっただろう。……三年前も、どうせ父から何か言われたんだとはわかっている。おまえの懸念は俺がすべて解決する。だから何も心配せずに俺のそばにいろ」

いくら拒絶しても、祐輔はまったく動じなかった。それどころか、香桜里が何を心配しているのかも理解し、そのうえで『そばにいろ』と言う。

嬉しかった。しかし、そう簡単に承諾できない。祐輔とふたたび関わるようになれば、彼の父は叔母に圧力をかけるだろう。

(叔母さんだけじゃない……下手をすれば、お店にだって迷惑がかかる)

三年前の出来事を思えば、勤めている花屋のことも心配になってくる。彼の父は、必要のない人間を排除するのを躊躇わない。だから香桜里は、三年前に別れを選んだのだ。

「……あなたのそばにはいられません。もう無理なんです。冠城さんとのことは……わたしの中では、もう三年前に終わっているんです」

本心を偽って告げると、彼の腕から逃れた。踵を返してドアに向かったとき、尊大な声が投げかけられる。

「おまえが勤めている花屋は、確か『une fleur』といったか？　どうせなら、花だけじゃなく花屋ごとおまえを買い取ってやってもいいな」

心無い言葉だった。カッとした香桜里は振り返ると、激情のまま祐輔を怒鳴りつける。

「ふざけないで……っ。あなたはやっぱり冠城家の人間なんだわ。なんでもお金で解決しようとして、人の気持ちを平気で踏み躙る。……もしもお店に何かするようなら、あなたを一生許さない」

鋭い視線で睨みつけると、力任せにドアを開けて部屋を出た。

悲しみと悔しさが胸に渦巻いている。けれど、それを上回るほど祐輔との再会を喜んでいる自分がいて——香桜里はどうしようもない恋情を持て余していた。

2章　おまえがいないと生きていけない

冠城ホールディングスは、アルコールの製造販売を基幹事業とする企業グループである。酒類のほかに、清涼飲料水や、外食加食、健康食品関連の会社をグループに持ち、文化、社会活動も積極的に行っている。

主要大手コンビニや流通最大手のスーパーに足を向ければ、必ず冠城の商品が陳列されており、ふだん何気なく利用している自動販売機も冠城の名を冠した商品が置かれている。

社の前身となったのは、冠城家が明治時代に創業した『冠城商店』である。

祐輔は、創業者一族に名を連ねる正真正銘の御曹司で、冠城ホールディングスの跡取りである。現在は父の後を継ぎ、社長の座に就いていた。

香桜里と再会したのは、祖父・祐太郎（ゆうたろう）の傘寿祝いのパーティーが開かれたホテルだ。ようやく捜し出した元恋人を仕事にかこつけてこの場に呼んだはいいが、自身の心無い発言により怒らせてしまった。その後、謝る間もなく彼女は帰ってしまったのである。

（あれは失言だった。……焦り過ぎたか）

パーティー終了後。控室に戻った祐輔は、香桜里とのやり取りを思い出して嘆息した。

再会を果たしたはいいが彼女の態度が頑なだったため、つい不用意な発言をしてしまった。彼女が怒るのは無理もない。ふだんならこの手の失言はしない祐輔だが、余裕がなかった。香桜里に対しては、いつだって必死だ。それはもうみっともないほどに。

（……久しぶりにあいつに触れたな）

先ほど交わしたキスの感触を思い出すと、下肢が熱くなる。それは、この三年の間に抱くことがなかった感覚だった。

彼女に触れるといつもこうだ。理性をすべて薙ぎ払われ、欲しくてしかたなくなる。これは、付き合っていたときから変わらない。

懐かしい感覚が蘇り苦笑した祐輔は、香桜里の大学卒業式当日を脳裏に浮かべる。

あの日は、プロポーズの答えを聞くためと卒業祝いを兼ねて、彼女を食事に誘った。

プロポーズを断られるとは微塵も思っていなかった。彼女が自分を好きなことはわかっていたし、祐輔自身も香桜里に愛情を注いでいた。それこそ、盲目的に彼女に夢中だった。

卒業式の当日は仕事だったため、午後六時に東京駅の丸の内口改札で待ち合わせをした。オフィスの最寄り駅で香桜里も利用する沿線だったから待ち合わせしやすかったのだ。

オフィスから出て急いで改札に向かうと、彼女は先に着いていた。表情がどことなく沈んでいるのが気になったが、緊張しているのだろうと考えた。

プロポーズの答えがようやく聞ける。そのことで頭がいっぱいになり浮かれていた祐輔は、明るく恋人に声をかけた。

「悪い、待たせた。腹減っただろ？　店を予約してあるから、すぐに行こう」

香桜里の肩を抱いて移動しようとすると、なぜか彼女はその場から動こうとしなかった。

怪訝に思って問いかけようとしたとき、バッグの中から天鵞絨の箱を取り出した香桜里は、それを祐輔に差し出す。

「……今日は、これを返そうと思ってきました」

「は……？」

「わたしは、あなたと結婚できません」

告げられた言葉をすぐには理解できなかった。いや、たちの悪い冗談だと思いたかった。

『イエスなら卒業式当日は指輪を嵌めていてくれ』と言うと、香桜里は了承した。だから今日は、贈った指輪を嵌めてくれていると信じて疑わなかった。

しかし今、彼女の薬指に指輪はない。現実を突きつけられた祐輔は、呆然と問う。

「どうしてだ……？　おまえは、結婚を前向きに考えてくれていると思っていた。それは、俺の勘違いじゃないはずだ」

「そういうの……重いんです」

視線を合わせないまま、香桜里は淡々と語る。

「これから就職するときに、結婚なんてしたらいろいろ面倒じゃないですか。それにまだ大学を卒業したばかりで、結婚なんて具体的に考えられない。それなのに、あなたはわたしの都合を考えてくれずに気持ちを押し付けてくる」

「っ……」

香桜里の言葉は、祐輔の心を鋭く抉る。ほかの誰に何を言われようと動じないが、彼女の言葉だけは違う。

好きで大切で、腕の中から離したくないと思った唯一の存在だ。心をすべて傾けているといっても過言ではない。

そんな恋人に否定された衝撃に声を失っていると、彼女は俯いたまままさらに言い募る。

「それに、あなたの実家のことだってそうです。冠城ホールディングスの御曹司なんて知っていたら……付き合ったりしなかった。あなたのバックグラウンドはわたしには重過ぎます。もっと身の丈に合った人となら、結婚も現実的に考えられたかもしれませんけど」

すらすらと淀みなく語られる言葉は、まるで最初から用意していたかのようだった。

香桜里は何も言わない祐輔に返事を求めることはなく、差し出していた天鵞絨の箱と、持っていた紙袋を強引に押し付けてきた。紙袋の中には、これまで彼女に贈ったプレゼントが入っていた。

「あなたには、わたしよりもっとふさわしい人がいると思います。今までありがとうございました。……さようなら、冠城さん」

これまで名前で呼んでいたのに、香桜里はあえて他人行儀に祐輔の苗字を口にし、雑踏に紛れてその場を立ち去った。

呼び止めようと思ったし、考え直してくれと言いたかった。だが、そうできなかったのは、香桜里が発した『重い』という言葉に囚われたから。

確かにプロポーズは性急だった自覚があった。それに、バックグラウンドに触れられればどうしようもない。生まれる家は、自分で選べないのだから。

（……いくら焦れたからといって、言っていい言葉じゃなかったな）

三年前の出来事を思い返した祐輔は、ふたたび深いため息をつく。

香桜里に振られてから今までの間、何もしなかったわけではない。別れを納得できず、もう一度話し合うために連絡を取った。

だが、携帯は着信もメールも拒否されてしまった。思い余って自宅まで行けば、彼女の叔母に「香桜里は引っ越した。居場所は教えられない」と告げられた。

驚くべきことに、内定していた会社に就職もしておらず、香桜里は完全に祐輔の前から姿を消したのである。

けれども祐輔は、彼女が内定した会社を蹴ったことが信じられなかった。叔母と同じ道を歩みたいと、就活に取り組んできたのを知っていたからだ。

そこで、香桜里に何があったのかが知りたくて、調査会社に依頼して調べさせた。すると、彼女と父が会っていたことが判明した。

祐輔は激怒し、父に詰め寄った。彼女に別れを告げられたのは、父が関係していると踏んだからだ。

その予想は当たっていた。父・修三は悪びれもせずに、「あの娘は金を受け取っておまえと別れると言ったぞ」と、勝ち誇ったように笑った。そのうえ、「冠城家の跡取り息子が、自分の感情だけで結婚できると思うな」とも。挙句、「おまえには近いうち婚約させると言ってあったはずだ。それを忘れたか！」と叱責され、話にならなかった。

別れるからといって、プレゼントをすべて突き返してくる彼女が金を受け取るはずがない。もしも受け取ったのなら、それは父が強引に押し付けただけだろう。

しかしいくら祐輔がそう言ったところで、修三の態度は変わらなかった。

婚約といっても父が勝手に進めていただけで、祐輔自身は承諾していない。「政略結婚なんてしない」と何度言っても、父は聞く耳を持たなかった。なぜなら、修三が政略で冠城家に婿養子に入った身だからだ。

政略によって、グループ企業を盤石の体制にしたいと思っている父と、真っ向からそれに反抗している祐輔。もともと親子仲は良好ではなかったが、三年前の出来事が決定打となり、冷戦状態が続いている。

それでも、いまだ結婚せずに済んでいるのは、祖父と母の存在が大きい。祖父は冠城ホールディングスの前会長で、現在も強い影響力を持っている。「祐輔本人の意思を尊重するように」と言い含められたため、修三も強硬手段に出られないのだ。

（だが、そろそろ結果を出さないといけないな）

祐輔が考えていたとき、ノックもなく控室のドアが開いた。見れば、今日のパーティーの主役が花束を抱えて入ってきたところだった。

「彼女には会えたのか？　祐輔」

開口一番で問うてきたのは祐太郎である。傘寿を迎えたとは思えないほど若々しく、老いを感じさせない。

祖父には、今日、香桜里を呼び出すことを伝えていたため、様子が気になったのだろう。

「おかげさまで会えましたよ。少々失敗してしまいましたが」

「おまえのことだから、また強引に話を進めようとしたのだろう」

祐輔の気性を正しく理解している祖父が苦笑する。祐太郎は父と違い、祐輔を政略で縛り付けるつもりはない。ただし、そのためには仕事で結果を残せと言われている。

会社に利益のある相手と結婚せずとも、自分の手腕だけで会社に利益をもたらすことができるのであれば、好きにしろというスタンスだ。

「前から言っておるように、儂（わし）は反対せんよ。だが、おまえの父を納得させるには実力で黙らせるしかあるまい。父親ひとり説得できないようでは、結婚など認められん。仮に反対されたまま結婚したとしても、苦労するのは彼女のほうだぞ」

「わかっています。……あなたとの約束通り、俺は自力で彼女と再会した。もう二度と離すつもりはありません」

香桜里から別れを告げられた祐輔は、祖父から命じられた事柄がふたつある。

『他人の手を借りずに、自力で彼女の居場所を捜し出すこと』『修三が認めざるを得ない結果を仕事で残すこと』――このふたつをクリアするのを条件に、父が勝手に見合いや婚約話を仕組まないよう食い止めてもらっていた。

彼女の居場所は見つけた。あとは仕事で成果を挙げるだけだが、こちらについても着々と計画が進行している。

（逃がしてなるものか）

香桜里に対する想いは、三年前よりも増していた。ほかの女との結婚など考えられなかったし、彼女以外は必要ないとすら思っている。そんなふうに感じるのは、後にも先にも彼女に対してだけだ。

祐輔は、まず香桜里の気持ちを自分に向けさせるべく、全精力を傾けることを誓った。

＊

仕事を終えてアパートに戻ると、香桜里はベッドにごろりと横たわった。

（今日はいろんなことがあり過ぎた……）

まさか祐輔と再会するとは思っていなかった。しかも彼は、ずっと自分を捜してくれていたというのだから驚く。

嬉しくないと言えば嘘になる。香桜里だって、再会できて心が動いた。ずっと好きだった人に会えたのだから当然だ。

ただ、手放しで喜べる状況でないのも承知している。

（冠城さんのお父さんが、許してくれるはずがない）

彼の父から強引に押し付けられた金は、封すら開けずに保管している。当時、返しに行こうと思ったが、手段がなくそのままになっていた。

（そういえば、これも返しそびれていたな）

身体を起こした香桜里は、小さな本棚の中から一冊の本を取り出した。

祐輔と付き合っていたときにもらったものは、別れたときにすべて彼に返した。だが、ひとつだけ返しそびれていたものがある。彼が好きだと言っていた作家の本だ。

（お互いに好きな作家の本を言い合って、貸し借りしてたっけ）

恋人だったころを思い出すと、切なさと懐かしさで胸が軋む。

借りていた本を返せなかったのは、付き合っていたことを示す唯一の思い出の品だから。いまだ手放せずに大切に本棚にしまい込んでいるのは、彼に気持ちを残している証だ。

本棚に本を戻すと、自嘲の笑みが浮かぶ。

今日会った祐輔は、以前と変わらず強引で自信に満ち溢れていたが、社会人として揉まれ、様々な経験を経たことを窺わせる顔つきをしていた。

恋人だったころよりもさらに魅力的に見えたのは、気のせいではない。すっかり精悍な大人の男に変貌を遂げていた。

彼の姿を思い出して鼓動を跳ねさせるも、ゆるゆると首を振る。

（……叔母さんに迷惑をかける真似はできないもの）

祐輔と別れた最大の理由は、叔母を盾に取られたからだ。いくら彼に求められようとも、叔母が不利益を被る可能性がある以上、彼を受け入れることはできない。

それだけではなく、婚約者のこともある。婚約者がいながら復縁を迫るような不実な男ではないと信じている。けれども彼の気持ちがどうであれ、父親が認める相手がいるのは間違いない。このままでは三年前の二の舞になってしまうだろう。

だが、警鐘を鳴らす理性とは別に、無条件で再会を喜ぶ自分がいる。

別れてからも、ずっと忘れられなかった。身分違いだという思いもあるし、叔母に迷惑をかける心配だってある。しかし、そういった状況を抜きにすれば、ただ祐輔を好きだというシンプルな感情だけが残るのだ。

（こんなことじゃダメ。しっかりしないと）

無理やり自分の想いを封じ込めたものの、唇には彼のぬくもりが残っている。祐輔のキスはいつだって香桜里を夢中にさせる。だから怖い。ふたたび触れられれば、拒みきれる自信が持てない。

（もしも冠城さんが、花屋まで来たら……辞めないといけないかな。もしかして、このアパートの場所も把握しているかも）

今日の様子を見る限りでは、そう簡単に諦めてくれそうになかった。別れてからずっと行方を捜していたというのだから、おそらくまた接触してくるだろう。

「これ以上……かき乱さないで」

ため息と共に呟くと、ふたたびベッドに横になる。

できれば花屋を辞めたくはない。紹介してくれた叔母の気持ちを無駄にしてしまうし、仕事も楽しいからだ。

祐輔が大人になったように、香桜里もこの三年で変わった。新たな夢を持ち、真摯に仕事に取り組んでいる。ようやく掴んだ居場所を追われる事態だけは避けたかった。

（少し様子見をして、何かあったら叔母さんに相談しよう）

彼とふたたび会うことになっても、押しきられないようにしなければいけない。それだけを強く念じ、祐輔への想いを心の奥にしまい込んだ。

　祐輔と再会して三日が経った。その間、何事もなく穏やかに仕事をすることができた香桜里は、パソコンで注文のチェックをしつつ安堵する。

（花屋に押しかけてくるかも、なんて……心配し過ぎだったのかな）

　よくよく考えれば、祐輔ほどの男が執心する魅力が自分にあると思えない。わざわざ捜し出したのに拒絶されたのだから、ふつうなら諦めるだろう。それに彼は、冠城ホールディングスの社長だ。香桜里に時間を割くよりも、やるべきことがあるだろう。

　思いがけず再会して動揺してしまい、変に身構えていたのだ。この三日間何事もなかったことで、ようやくそう考えられるようになった。

「お先に失礼します」

　店長に声をかけると、いつものように裏口から店を出る。時刻は午後六時。春めいてきたとはいえ、陽が落ちれば肌寒い。

　風を避けつつスプリングコートのボタンを留め、最寄りの駅へ足を向けたときである。

「お疲れ」

　ガードレールに寄りかかっていた祐輔が、目ざとく声をかけてきた。

（どうして……）

驚いてその場に立ち尽くすも、我に返って早足に通り過ぎようとする。けれども祐輔は、香桜里の腕を強引に摑んで引き止めた。

「無視するとはいい度胸だな」

「放して……ください。こんなところで、何を」

「話があっておまえを待っていたんだ。また逃げられる前に捕獲しようと思ってな」

「な、何言って……困ります。わたしはもうお話しすることはありません」

拒否を示して彼の腕を振り払おうとするが、さらに強い力で腕を摑まれてしまう。

「いいから黙って俺に付き合え。一緒に来ないなら、このままここで抱き上げるぞ」

射竦（いすく）めるような眼差しで告げられて、思わず声を詰まらせる。冗談ではなく、本気でやりかねない真剣さが祐輔にはあった。

職場に近い場所で、目立つ真似はしたくない。誰が見ているかもわからないのだ。むしろ香桜里よりも、立場のある彼のほうが人目に触れれば困るだろう。

「……わかりました。一緒に行くので放してください」

しぶしぶ承諾すると、祐輔はようやく手を離した。そして、すぐさま時間制限駐車区間に停めてある車に乗るように促し、そうそうに発車させる。

すべての動作は流れるようで、絶対に逃すまいという気合いを感じる。香桜里は困惑したまま助手席で肩を縮こまらせた。

「あの、どこへ行くんですか？」

「俺のマンションだ。三年前に買った」

〝三年前〟という単語に、ぎくりとする。祐輔と別れた年数と同じだったからだ。関係があるのかどうかを聞けないまま、やがて車はタワーマンションの地下駐車場に入った。

車から降りると、駐車場からエレベーターに乗り込む。その間、彼は何も語らなかったし、香桜里も声をかけられなかった。なぜか祐輔が、緊張しているように見えたからだ。

（それにしても……すごいマンションだな）

彼はたやすく『買った』と言っていたが、およそ一般人が購入できるグレードのマンションではない。こんなところでも、祐輔との格差を感じてしまう。

「適当に座ってくれ。コーヒーでいいよな」

「あの、おかまいなく。すぐに帰りますから」

部屋に入った祐輔は、返事をせずにキッチンに行ってしまった。所在なくリビングの入り口で立っていた香桜里は、しかたなく部屋の中心にあるソファに腰を落ち着ける。

付き合っていたときは、お互いに実家暮らしだったため、家の行き来はなかった。だから、彼の部屋に来るのは初めてだ。

（冠城さんらしい部屋だな）

リビングには最小限の家具家電が置いてあるが、それよりも目を引くのは大きな書棚だ。壁一面を潰して配置された書棚には、ビジネス関連の書籍からミステリ小説まで幅広いジャンルの本が収められている。

好きな作家の本を中心に読書をする香桜里に対し、祐輔は興味を持った本はとりあえず手に取る。「自分の趣味以外の本を読むと見識が深まる」と、大学の図書館で語っていた。そういう自分にはない柔軟性にも惹かれていた。

「コーヒー、砂糖ひとつのミルクなしでよかったよな」

書棚を眺めていると、ふたり分のコーヒーを淹れた祐輔がローテーブルにカップを置いた。彼の言うように、ソーサーには砂糖がひとつ載せてある。

（そんな些細な好みまで覚えていてくれたの……？）

驚いた香桜里が、「よく覚えてますね」と呟くと、祐輔は当然だとばかりに鼻を鳴らす。

「おまえのことならなんだって覚えている。忘れたことなんて一度もない」

対面に腰を下ろした祐輔は、自分の分のコーヒーに口をつけた。その姿を見て、彼がいつもブラックコーヒーを好んで飲んでいたことを思い出す。

（わたしだって、忘れたことなんてなかった）

しかしそれを伝えることはできない。こうして会っていること自体、彼の父が知れば快く思わないだろう。

本当の気持ちは隠したまま、早くこの場を立ち去るべきだ。彼は想像していた通り香桜里の職場にも足を運び、強引にマンションに連れて帰ってきている。こんなことが続けば、いずれは彼の父の耳に入ることになる。

視線を下げて考えていると、祐輔はおもむろに話を切り出した。

「……まずは、三年前のことをずっと謝りたかった。父が勝手におまえに会いに行った挙句、金を渡したと知ったのは別れたあとだった。……父に代わって詫びたい。本当に、失礼なことをした。この通りだ、許してくれ」

膝に手をついた祐輔は、深々と頭を下げた。

「身内のことを悪く言いたくはないが、父のやったことは最低だ。おまえや俺のことを、駒か何かと勘違いしているんだ」

彼の声には、憤りが滲んでいた。その声音で、父親に対して怒りを感じているのだとわかる。おそらく、香桜里が姿を消したあとに父親と話し合いをしたのだろう。祐輔の性格上、かなりの勢いで詰め寄ったのだろうが、主張は受け入れられなかったに違いない。

彼の父親と会ったのは一度だけだが、祐輔とは相容れない雰囲気を感じた。

（きっと、お父さんがわたしにお金を渡したことを知って、喧嘩したんだろうな）

会わなかった間の彼の行動を想像し、罪悪感に苛まれる。

本心ではなかったとはいえ、別れる際に心無い言葉で傷つけてしまった。それなのに彼は、ずっと香桜里を気にかけてくれていたのだ。

「顔を上げてください。……もう過去の話です。それに、わたしがあなたのお父さんからお金を受け取ったのは事実です。謝ってもらうようなことはありません」

「だが、金に手はつけていない。違うか？」

顔を上げた祐輔は、香桜里を見据えた。真摯な眼差しにどきりとしつつ、そっと視線を外す。彼と目を合わせると、自分の心を見透かされてしまう気がしたから。

「どうしてそんなことがわかるんですか？　もらった手切れ金で贅沢な暮らしをしていたかもしれないじゃありませんか」

「それはない」

断言した祐輔に驚き視線を戻す。彼は香桜里を見据えたまま、どこか切なそうに続けた。

「かなりの金額を渡されただろうに、生活は倹しい。おまえがもらった金を平気で使うような女だとは思っていない。それに、俺の失言に怒ったことを忘れたのか？『なんでもお金で解決しようとして、人の気持ちを平気で踏み躙る』――本当にその通りだ。この前の失言のことも、今日は謝りたかった」

祐輔の言葉に、香桜里は申し訳なさで俯いた。彼が、自分を理解してくれているのは嬉しい。好きな人に強く想われ望まれるのは、女性としてしあわせなことだ。

しかし、それでも彼との復縁はありえない。どれだけ好きでも、越えられない壁は存在する。もう学生ではなく社会人だ。祐輔との立場の違いはわかっている。

「……お父様に聞きました。あなたには、冠城家にふさわしい家柄の婚約者がいるんだって。わたしになんて構わないで、婚約者の人を大事にしてください」

香桜里は胸の痛みを押し隠し、はっきり告げた。婚約者のいる男と、これ以上関わりを持つつもりはない。決意をこめて彼と視線を合わせると、祐輔は心外だとでもいうように眉を寄せる。

「俺に婚約者はいない。父がなんと言ったか想像はつくが、おまえ以外と結婚するつもりはない。そもそも俺が、ほかに女がいておまえに手を出すような不実な男だと思うのか？　もしそう思われているなら、認識を改めてもらう必要がある」

憮然とする祐輔に、香桜里は慌てて首を振る。

「そういうつもりじゃありません。でも、冠城さんにそのつもりがなくても、お父様が乗り気みたいでした。……家柄を考えたら、結婚だって本人だけの気持ちじゃできないんじゃありませんか？　それに、わたしに固執しなくたって、あなたならいくらでも相手は」

「いくらほかの女をあてがわれようと、俺は政略結婚なんて絶対にしない。何度でも言う。香桜里、おまえじゃなきゃ駄目なんだ」

香桜里の言葉を遮り、祐輔が訴えてくる。真剣な声と表情に、胸が締め付けられた。

強引だがストレートな告白は、彼の性格そのものだ。嘘はつかないし、不誠実な真似はしない。香桜里だけを真っ直ぐに見つめ、愛してくれる。

（どうして、こんなに好きでいてくれるの？　わたしなんて、特別何も持っていないのに）

祐輔の想いが胸に響き、鷲摑みにされたように苦しくなる。何も言えずにいると、彼はさらに畳みかけてくる。

「俺にとっては、香桜里以外は女じゃない。ほかの女なんて必要ない。おまえしか要らないんだ」

あまりにも切実な声に、目が潤みかける。しかし、次に続いた言葉に唖然とした。

「香桜里――俺は、おまえじゃなきゃ勃たない」

「……はい？」

「嘘だと思うか？　だが事実だ。別れてから三年間で勃起したのは、おまえとのセックスを思い出したときだけだ。それ以外はぴくりとも反応しない」

（勃つとか勃たないとか、何言ってんのこの人は……！）

そんなふうに言われて喜べるはずがない。いや、嬉しいと思う女性もいるだろうが、少なくとも香桜里はドン引きしている。心を揺さぶる告白をされて感動すらしていたというのに、潮が引くように一気に冷静になった。

「身体目当て……ってことですか？」

思わず尋ねてしまった香桜里だが、自分の身体に自信があるわけではないし、性体験も祐輔とだけだ。特別ほかの女性より秀でている部分はないと思う。にもかかわらず、彼にここまで言われる理由がまったくわからない。

「身体だけじゃない。俺は、香桜里自身が好きなんだ。だから抱きたいし触れたい。好きな女相手にそう思うのは当たり前だろ」

至って真面目に語る祐輔だが、なんとも返答に困って口をつぐむ。

彼が真剣であればあるほどに困る。どうしても、心が引きずられてしまうからだ。ただでさえ今でも気持ちを残しているのに、熱っぽく口説(くど)かれたら揺らいでしまう。

「香桜里、俺ともう一度付き合ってくれ。父には絶対に口出しさせないと約束する」

「そんなこと……無理です。わたしにお金を渡して、あなたと別れろと言うくらいなんです。会っていることを知られれば、勤め先にだって圧力をかけられるかもしれない」

「俺も三年前と違う。おまえもおまえが大事にしているものも、俺が守る。それだけの甲斐性はあるつもりだ」

こんなに強く求めてくれる男性は、この先現れない。許されるなら、祐輔の求めに応じたい。そう思いつつも返事ができないのは、叔母のことが頭にあるからだ。

顔を伏せると、立ち上がった祐輔がとなりに移動してきた。香桜里の頬に指を這わせ、顎を上に向けさせる。

「ようやく捜し出せたんだ。おまえを監禁してでも絶対に逃がさない」

「っ……」

物騒な発言に目を丸くしたとき、不意をつかれて唇を奪われた。

後頭部を固定され、逃れる隙もなく唇がぴったりと重ねられる。息苦しいくらいのキスだ。抵抗すら許されず、香桜里はただ彼の唇を受け止める。

「ん、ぅ……っ」

祐輔は激情をぶつけるように強引だった。

閉じていた唇に舌が割り入り、歯列をなぞってくる。舌を搦め捕られ擦り合わせられると、背筋がぞくぞくする。彼のキスはずるい。こうして触れられると、意思が溶かされてしまう。気持ちが溢れ出し、身を任せてしまいたくなる。

「ふ、ぅっ……ん、ンッ」

口づけはさらに深まり、舌の付け根をぬるりと撫でられた。くちゅくちゅと唾液が攪拌(かくはん)され、粘膜を触れ合わせているのがひどく気持ちいい。混ざり合った唾液を嚥下すると、身体の奥で静かに眠る官能が呼び覚まされる。

上顎をくすぐられたかと思うと、舌先で頬の裏側を突かれ、背筋が痺(しび)れる。再会して二度目のキスは、三年前をより強く思い起こさせる。

付き合っていたときは、何度もこうしてキスをした。触れ合っていると幸福で、どんどん欲張りになっていき、もっと触れたくなっていた。

祐輔の愛は大きくて、惜しみなく気持ちを注いでくれる。けれど、彼の愛を受け止めきれるだけの器があるか自信が持てなかった。

それなのに、いつだって祐輔は香桜里の不安ごと包み込んでくれた。そういう人だから好きになった。別れても、ずっと忘れられなかったのだ。

「もう離れていたくない」

キスを解いた祐輔が、甘やかに囁く。香桜里の額に自身の額を擦りつける姿には、まるで祈りを捧げているような切実さがあった。

「ここで一緒に住め。俺は、おまえがいないと生きていけない」

大げさだと思ったけれど、そうは言えなかった。

立派な大人の男が、何も持たない自分を求めている。もともと彼に想いを残していたこともあり、強く望まれるとこれ以上突っぱねるのは難しい。

(これ以上この人を傷つけるようなことはしたくないし、わたしだって本当は離れたくない。だけど……)

「……無茶言わないでください。一緒に住めるわけないじゃないですか。わたしには、自分の部屋と生活があるんです」

揺れ動く心を抑え込み、理性を振り絞って抵抗した香桜里だが、祐輔はまったく動じなかった。

「別に無茶な話じゃない。引っ越してくればいいだけだ。ここには、おまえ専用の部屋も用意してある」

「えぇっ？」

驚くことに彼は、この前再会してすぐに香桜里がこのマンションに住めるように準備をしたという。家具や家電も専用の品を揃え、即使用できる状態にしているらしい。あまりにも周到で、呆気に取られてしまう。

「……冠城さんは、物好きです」

「そんなことはない。香桜里のこと以外はどうでもいいだけだ」

ごく自然に告げられた言葉に、胸が切なく疼く。

この三年で、祐輔は冠城ホールディングスの社長という立場になった。けれど、どれだけ環境が変わろうとも、彼の言動は揺らぎがない。復縁の承諾を得ていないうちからそうそうに同居の準備をし、囲い込もうとしている。彼の執着は重く、怖いくらいだ。

だが、それだけ深く想われていると知って、嬉しくないはずがない。

「おまえが望むならなんだって叶えるし、欲しいものがあれば必ず手に入れる。大事にすると誓うから、もう俺の前からいなくならないでくれ」

懇願するように言うと、祐輔は香桜里をぎゅっと抱きしめた。

彼は別れに納得せず、ずっと好きでいてくれていた。そして香桜里もまた、三年間離れていたくらいでは簡単に忘れられなかった。愛されてしあわせだったころの思い出が鮮やかに蘇り、どんどん祐輔に気持ちが傾いていく。

「だから物好きだって言ってるんです。わたしなんかのためにそこまで言うなんて」

ぼやくように言うと、香桜里は苦笑を零した。

驚くほど強引だが、やはり祐輔のそばは心地いい。一緒にいるとドキドキと胸が高鳴り、甘酸っぱい気持ちになる。それが〝幸福〟なのだと気づいたのは、彼と別れてからだった。

「物好きでもなんでもいい。おまえが手に入るならなんだってする」

祐輔は視線を逸らさないまま、ぐいぐい攻め込んでくる。いっさいの迷いなく、なりふり構わずに香桜里ただひとりを欲している。痛いくらいに彼の想いが伝わって、ぐらぐらと心が揺れ動く。

(傷つけたのに、それでも好きだって言ってくれるなんて……わたしだって、冠城さんが好き。でも……)

「……少し、考えさせてもらえますか」

香桜里は、祐輔の告白に対して返事を保留した。

正直な気持ちを言えば、捜し出してまで再会を望んでくれたのも、好きでいてくれたのも嬉しい。本当は、すぐにでも胸に飛び込んでしまいたい。ただ、自分ひとりの問題ではないだけに躊躇いがある。

「おまえが黙って消えるような真似をしないなら、いくらでも返事は待つ。だから、考えてくれ。もう一度俺の恋人になり、ここで一緒に住むことを」

耳もとで囁いた祐輔は、耳朶に軽く口づけを落とした。彼の吐息と唇の感触がくすぐったくて身を捩ると、逃さないというように強く掻き抱かれる。

「今夜はこの部屋に泊まっていけ」

「えっ、それは……」

「何もしない、約束する。ただ一緒にいたいだけだ」

祐輔の切なげな声が、耳の奥に染み渡る。彼の心臓は通常よりも速く脈打ち、触れてくる手のひらは熱を持っている。いつも自信に満ち溢れ、強引に事を運ぶ男。それなのに、香桜里を必死に求める姿にはどこか痛々しさすら覚える。

「それに、明日は休みだろう？」

「……調べたんですか」

「当然だ。おまえの周辺環境はすべて把握している。今度こそ逃がさない。もう後悔はしたくないからな」

なぜか得意げに祐輔が言うのを聞いて、香桜里はなんだか可笑しくなった。ここまで徹底していると、抵抗する気力は失せてしまう。それに、たとえ断ったところで逃してくれそうもない。

「今夜だけなら……いいです」

祐輔の熱意に絆（ほだ）された香桜里は、とうとう彼の希望を受け入れた。しかし、決して彼だけではなく、自分も祐輔のそばにいたいのだと自覚をしていた。

＊

香桜里を自分の部屋に泊めることに成功した祐輔は、心の底から安堵していた。

現在彼女は風呂に入っている。「宿泊を承諾させた以上、快適に過ごしてもらうのは家主の務めだ」などと適当な理由をつけて、強引に勧めた。最初は固辞されたが、とうとう根負けした香桜里は風呂に向かったのだった。

リビングでひとり落ち着かない気分を持て余し、ビールを呷（あお）る。この三年、夢にまで見た彼女が手の届く場所にいる。それだけで、気分が浮かれている。

（やっと会えたんだ。今度こそ逃がさない）

このマンションも、もともと香桜里と住むために購入したものだ。プロポーズの答えを聞く前に契約し、彼女がＯＫしてくれたらこの部屋に連れてくるつもりだった。

本当はプロポーズの答えを待ってからの契約も考えたが、人気の物件だったことや、香桜里が自立したがっていたことも購入の決め手になった。

両親を早くに喪って叔母に引き取られた香桜里は、人一倍自立心が強かった。付き合っていた当時に聞いたことがある。「早く一人前になって、叔母さんを安心させたい」と。

話を聞いた祐輔は、自身が甘えた環境にいることを自覚した。冠城家に生まれたのは自分の意思ではないが、何不自由なく育てられ、望めばたいていは叶う状況をどこか当たり前のように思っていた。

香桜里と付き合うようになり、自分の在り方を改めて考えるようになった。そして、地に足をつけて歩んでいる香桜里にふさわしい男になると誓ったのだ。

彼女は、『あなたには、わたしよりもっとふさわしい人がいる』と言って別れを告げた。だが祐輔にとって、自分に気づきを与えてくれた香桜里こそが特別な存在だ。

一度好きになり、結婚を考えた女性を簡単に忘れられるほど祐輔は薄情じゃない。本当に嫌われてしまったとすれば、攻め方を考えねばならない。けれど、香桜里が強引なキスを受け入れたばかりか、宿泊まで承諾してくれたことで確信した。

（香桜里も、俺と同じ気持ちでいる。でも、親父のことが引っ掛かっているんだろう）

三年前は父に引き裂かれたが、彼女にもう手出しはさせない。必要であればボディーガードをつけてでも、香桜里を守る。

（親父のことさえクリアすれば、俺のそばにいることを躊躇わないはずだ）

そう思う一方で、彼女にいらない気苦労をかけた罪悪感がある。

別れを告げられたときに、『重い』と言われたが、確かに交際に口を出すような親がいる家は重い。

そして、彼女は祐輔の想いも負担に感じていた。香桜里を手放したくないという一心でプロポーズしたが、就職を目前に控える恋人への配慮がなかった。そこは反省している。

（あいつを好き過ぎるんだ。だから、重いと言われる）

このマンションも彼女の希望を叶えたくて購入したが、そんなことを言えばまた重いと思われそうだ。

香桜里を手に入れるためには手段を選ばない。それは祐輔の中で確固たる想いだったが、彼女を大事に扱いたい気持ちもある。無理強いしても意味がないからだ。

（矛盾(むじゅん)しているな）

自嘲したとき、風呂から出た香桜里がリビングに顔を出した。

「お風呂……ありがとうございました」

「ああ。何か足りないものはあるか？　あるならすぐに用意する」

「大丈夫です。着替えも、貸してもらいましたし」

湯上がりだからか、それとも照れているからか、香桜里の頬はほんのり桜色に染まっている。祐輔はその様子を眺めながら、ぐらぐらと理性が揺れるのを感じた。

彼女は、祐輔のパジャマの上着だけを身に着けている。男物だからか、香桜里が着るとちょうどシャツワンピースのような恰好で、つい凝視してしまう。付き合っていたときは互いの部屋に行き来することがなかったため、ラフな姿が新鮮だった。

「……あの、あんまり見ないでください。恥ずかしいです」

「悪い。おまえが本当に目の前にいるんだと実感していた」

このまま抱きしめたい衝動に駆られた祐輔は、一瞬手を伸ばしかけた。けれどもすぐに手を引くと、小さく息をつく。

(何もしないと約束したしな。ここで焦って逃げられたら困る)

自分自身に言い聞かせると、香桜里に告げる。

「おまえ用の部屋がある。こっちだ」

マンションの間取りは4LDKで、ふだん祐輔が使っているのは、一番広さのある寝室、それと仕事用のもうひと部屋だ。リビングを出てすぐ右にある香桜里用の部屋と寝室のドアを開けると、彼女を振り返った。

「おまえの部屋にはベッドはない。今日はとなりの寝室でふたりで眠ることになるが、構わないな？　もし嫌なら俺はソファで適当に寝るが」

「……いえ、大丈夫、です」

「それじゃあ俺は風呂に入ってくる。眠ければベッドで先に休んでくれ」

「わかりました……ありがとうございます」

少し緊張しているのか、香桜里は伏し目がちに礼を言う。そんな姿にすら煽(あお)られてしまって目を逸らすも、今度は寝室のベッドが目に入る。

（このまま寝室に連れ込んで抱ければ、どんなに楽だろうな）

じりじりと不埒(ふらち)な欲望がせり上がってくる気がして、祐輔は慌てて自分を落ち着かせようと浴室に向かった。

風呂に入ると、頭から熱い湯を浴びながら、必死で欲望を抑え込む。

三年間、ずっと焦がれていた女が自分の部屋にいるのだ。興奮しないほうがおかしい。

香桜里に『おまえじゃなきゃ勃たない』と告げたが、比喩(ひゆ)ではなく真実だった。といっても、ほかの女性と関係を持とうとしたわけではない。とある事件がきっかけで、祐輔はほかの女に食指(しょくし)が動かないのだと自覚した。

事件が起きたのは、香桜里に別れを告げられて半年ほど経ったときのことだ。

関連会社との会議に出席するため、女性社員と出張することになった。会議は無事に終わったが、問題はその日の夜、ホテルの部屋で起きた。

祐輔が部屋に入ろうと鍵を開けたところ、女性が強引に中に入ってきた。そしてあろうことか、「ずっと好きでした。抱いてください」と、服を脱ぎ始めたのだ。

女性は、スタイルも見た目も悪くなかった。けれど、迫られてもまったく心も身体も反応しなかった。香桜里を前にして感じる高揚が得られないのだ。

「その気はない」と冷たく女性をあしらった祐輔だが、その後も似たようなことが何度かあった。冠城ホールディングスの御曹司という立場から、いくら断っても近づいてくる女性は後を絶たなかった。

　それでも、祐輔の気持ちはいっさい揺らがなかった。香桜里以外を抱きたいとも思わないし、有り体に言えば勃起しない。ほかの女に対して興味が持てず、言い寄られるほどに香桜里への想いを募らせることになった。

（こればかりは、どうしようもない。俺は一生、香桜里しか好きになれない）

　この三年で、祐輔が嫌というほど思い知らされた事実である。

「……まずいな」

　風呂に入って気分が落ち着くどころか、ますます興奮している。手の届く場所に彼女がいると思うと、どうしようもなく触れたくてしかたなくなっていた。

　風呂から出てリビングに入ると、彼女はいなかった。冷蔵庫からビールを取り出してひとり呷り、妙に緊張をしている自分に苦笑する。

（ガキじゃあるまいし、何をうろたえているんだか）

　香桜里はすでに寝室にいるのだろう。自分がいつも眠っているベッドに彼女が寝ていると想像するだけで、言葉にできないくらいの喜びと不埒な欲望が頭をもたげる。

　ほかのどんな女に迫られようと冷静でいられたが、香桜里にだけは平静を保てない。こうしている間にも下肢に熱が集まっていくのを感じ、ビールを一気に飲み干した。

（あー、くそっ。香桜里を抱きたい……！）

心の中で叫んだ祐輔だが、彼女と約束している。ただでさえ強引に連れてきて泊まらせたというのに、このうえ無理やり手を出しては関係が悪化してしまう。

香桜里が自分の前から消えるような真似をしなければ、それだけでいい。いや、それだけではなく、祐輔以外の男を恋人にしないのであれば劣情には耐えられる。

逆に言えば、ふたたび彼女が姿を消すような真似をしたり、ほかに男の影がちらつくようなことがあれば、何をするかわからない。

（いっそこの部屋に監禁できれば……）

危険な考えが脳裏を過ぎり、大きなため息をつく。香桜里が自分を選んでくれなければ、監禁も辞さないだろう。もちろん、選んでもらえるように努力はするが。

「……このままだと眠れなさそうだな」

リビングのソファで寝るべきかとも思ったが、せっかく香桜里が部屋にいるのに離れているのも嫌だった。

欲望をなんとか堪えた祐輔は、寝室へ向かった。ドアの前で一度深呼吸すると、音を立てないようにそっと開く。

想像通り、ベッドでは香桜里が眠っていた。遠慮がちに端に身体を寄せて丸まっているのを見て、懐かしい気分になる。

（そういえば、香桜里は端で眠る癖があったな）

付き合っていたころホテルに宿泊したとき、彼女はどれだけ広いベッドでも真ん中で寝ようとはしなかった。本人は無意識らしく、どうも広すぎると落ち着かないようだ。

だから祐輔は、一緒にベッドに入るときはいつも腕枕をした。抱きしめて互いのぬくもりを感じながら眠ると、安心したように身を任せてくる彼女が可愛くてしかたなかった。

（おまえが望んでくれれば、俺はなんだってしてやる）

「俺を選んでくれ、香桜里」

小さく呟いた祐輔はベッドに入り、香桜里をやさしく背中から抱きしめた。彼女が起きないように細心の注意を払いながら、華奢な肩に顔を埋める。

香桜里の髪からは、自分と同じシャンプーの匂いがした。それが堪らなく嬉しい。彼女が自分の腕の中にいると実感できるからだ。

この三年、何度も香桜里を夢に見た。どこで何をしているのか、つらい思いはしていないか、ずっと心配だった。

祖父との約束で人を使って捜索できなかったため、祐輔は文字通り己の足で香桜里を捜し当てることを余儀なくされた。といっても、やみくもに捜しても見つからない。だから、彼女の行方を知っているだろう唯一の人物のもとを訪れ、居場所を教えてくれるように懇願した。三年間、一日も欠かさずだ。

その結果、ようやく香桜里の居所を教えてもらえた祐輔は、その日のうちに行動した。ちょうど祖父の傘寿祝いが控えていたこともあり、彼女の勤める花屋に注文を入れた。

もちろんその後は調査会社に依頼し、彼女のアパートの場所から、この三年間どんな生活をしてきたかまで調べている。

（これでほかに男でもいたら、その男を抹殺するところだった）

けれど、香桜里に男の影はなかった。真面目に仕事をし、堅実で倹しい生活を送っているのは彼女らしいと思った。だが、それと同時に罪悪感に苛まれた。

父が横やりを入れなければ、内定をもらっていた会社に入社していただろう。今とは違う生活をしていたはずだ。

（でも、おまえはそのことで俺を責めないんだな）

祐輔と付き合ったばかりに、香桜里の人生は大きく変わった。現状でどれだけ花屋の仕事に打ち込んでいたとしても、それは紛れもない事実だ。

彼女のためを思うなら手を引くべきだ。もしも自分と同じような立場に置かれている男がいたとして、粘り強く元彼女を追いかけているならば間違いなく止めるだろう。

だが、香桜里のことは諦めたくない。理性ではない。強い執着と恋情が、祐輔を突き動かしている。

しばらく彼女の匂いと感触を堪能し、己の心に目を向けていると、じりじりと下半身に熱が集まってくる。ほかの女にいくら裸で迫られようといっさい欲望を感じないが、香桜里とは一緒のベッドに入るだけで欲情する。

自分自身が芯を持ち始めたことを感じ、ぐっと息を詰めて劣情に耐える。妙な動きをしたら、香桜里が起きてしまう。だが、必死に意識を逸らしてみようと試みるもなかなか上手くいかない。

（くそっ。香桜里に何もしないと約束したのは自分だろうが！）

心の中で己を叱咤し、不埒な熱を散らそうと目を閉じる。

しかし結局その夜、祐輔は自分の欲望と格闘する羽目になり、なかなか眠りにつくことができなかった。

＊

「……ん」

心地よいぬくもりを感じながら、香桜里はゆっくりと瞼（まぶた）を開けた。いつもはなかなか起きられないが、なぜか今日は意識がはっきりしている。

（なんだか、よく眠った気がする）

気分よく目を開けた香桜里だが――次の瞬間、目を何度か瞬かせた。

「おはよう」

なぜか祐輔に腕枕をされ、彼の胸に抱かれている体勢だったのである。

（どうして冠城さんに腕枕されてるの⁉）

「す、すみません。重かったですよね。すぐに退きますから……！」

「べつに重くない。それに俺は役得だった。むしろ、ずっとこのままでいいくらいだ」

離れようとするも、強引に抱き込まれてしまう。香桜里は速まる鼓動を知られたくなくて、祐輔の腕の中でじたばたと抵抗する。

「冠城さん、放してください！」

「起きるにはまだ早いだろ。だから、もう少しだけ抱きしめさせてくれ」

彼はそう言いながら、香桜里の肩に顔を埋めた。愛しいと言葉にする代わりに、行動で示すかのようだ。

（ずるい……この人は、いつだってわたしをこうして動けなくする）

何もかも手中に収められる立場にいるくせに、香桜里だけを真っ直ぐに想っている。それがわかるから、昨夜もマンションに泊まってしまった。

本当は断るべきだと理解していながらも祐輔に乞われるままこの場にいるのは、彼に愛情を注がれる心地よさを知っているからだ。

（やっぱり、わたし……冠城さんが好きなんだな……）

こうして抱きしめられていると、ほかの誰にも感じたことのないほど胸がときめく。強引に泊まらせる真似をしながら、昨夜は約束を守って何もしてこなかった。恋人だったころは、それこそ会った日は必ずしつこいくらいに求められていただけに、昨日はそうとう我慢していたのだろうと想像がつく。

「……冠城さん、昨日は約束を守ってくれてありがとうございました」

おとなしく彼の腕に抱かれたまま呟くと、祐輔が小さく笑った気配がした。

「正直に言えば、抱きたくてしかたない。だけどこれ以上、おまえに愛想（あいそ）を尽かされたくないからな。約束を守ろうと必死だった」

彼の告白になんとも答えられずに、香桜里は口ごもる。

パジャマの上からでも、祐輔の体温が伝わってくる。自分にまで熱が移るのではないかと思うほど、触れている部分は熱い。耳を澄ませば、彼の鼓動は自分と同じような速いリズムを刻んでいる。

（本当に、好きでいてくれてるんだな）

改めて感じると、胸がきゅっと締め付けられる。嬉しい、と、理性よりも先に身体が伝えてくる。心地いいぬくもりにしばらく身を委ねていると、祐輔が香桜里の髪を撫でながら囁いてきた。

「香桜里、できれば昔みたいに名前を呼んでくれないか?」

「えっ……」

「〝冠城さん〟と他人行儀に呼ばれると、けっこうきつい。自分でも情けないとは思うが、おまえのことに関しては偽るつもりはない」

香桜里はすぐに断ろうとして、言葉にならなかった。

名前は呼びたくない。一度口にすれば、昔のことを思い出してしまう。祐輔と恋人になり、なんのしがらみもない一番しあわせだったときのことを。

昨夜、彼に『恋人になり、一緒に住む』ことを考えてくれと言われ、返事は保留している。けれど、こうしてそばにいるとすぐにでも承諾してしまいたくなる。自分の意思の弱さが嫌だった。

(しっかりしないと。このまま流されたら駄目)

「……恋人じゃないのに、名前では呼べません」

努めて冷静に答えると、祐輔が苦笑した。

「そういう頑固なところはおまえらしいな。……しかたがないから、今日のところはこれで折れてやる」

祐輔は、香桜里の首筋に唇を這わせた。吐息が肌に吹きかかり、慌てて彼の腕から逃げようとするも、軽く肌を吸われてぞくりとする。

「んっ、やめ……痕になっちゃ……」

「さすがに首にキスマークを残したら、仕事をするとき困るだろ。ただ舐めているだけだから安心しろ」

ちっとも安心できる要素がない。そう反論したくても、彼の唇の感触に、皮膚が発火するかのように熱くなる。祐輔に拓かれた身体だから、弱点を知り尽くされているのだ。感じる場所をいやらしく辿る吐息に、ひどくもどかしい気分になった。

「相変わらず耳の辺りは弱いんだな。キスすると、いつも気持ちよさそうな顔をしていた」

「っ、もう……やめて、ください……っ」

感じていることを指摘され、強い口調で突っぱねた。そうしなければ、このままずるずるとベッドの中で彼に翻弄されることになる。

「わかったよ。そう怒るな」

意外にもあっさり解放した祐輔は、パッと起き上がった。もっとしつこく迫られると思っていただけに驚いていると、彼は自身の髪をくしゃりとかき混ぜる。

「おまえに触っていると、俺も余裕がなくなるんだよ」

「えっ……」

「好きな女に触ってるんだ。感じている姿を見たらもっと感じさせたくなるし、興奮する。自分で自分の首を絞めているような状態だが、それでも触らずにはいられない」

欲望を湛えた目で見据えられ、香桜里は言葉を失った。彼の視線に搦め捕られたように動けない。直接身体をまさぐられるのも困るが、こうしてストレートに口説かれるのも困る。本心を言ってしまいたくなるからだ。

香桜里がひと言『好き』と言うだけで、今のふたりの関係は変わる。ギリギリで保っている距離がゼロになり、離れていた時間を埋めるように抱き合うだろう。

それはひどく甘美なひとときだ。想像するだけでドキドキする。

ほんの一瞬、しがらみを忘れ、彼に身を任せたい衝動に駆られる。けれどすぐに理性を総動員して彼から目を逸らし、ベッドから抜け出した。

「……洗面所、お借りしていいですか」

「ああ。好きに使っていい。おまえが身支度を整える間に、朝食を準備しておく」

「いえ、お気遣いは……」

「朝食くらい付き合ってもいいだろう。……といっても、パンとコーヒーくらいしか出せないし、遠慮することはない」

祐輔は香桜里の答えを見越して先回りし、断らないように話を進めている。しかも、遠慮をさせないように、あくまでも〝自分が望んでいる〟という態だ。

（こういうところが、本当に敵わない）

この男は、昔から恐ろしく自分のペースに巻き込むのが上手かった。付き合う前も後も祐輔の強引さを頼もしく思っていたし、むしろ振りまわされるのが楽しかった。自分だけでは選択しないだろう道に、彼は誘ってくれるから。

「それでは、遠慮なくご馳走になります」

香桜里はそれだけを言い置き、寝室から逃げ出した。

このまま祐輔と一緒にいると、心がどんどん引き寄せられる。触れられても強く拒めず、彼の胸に飛び込んでしまいたくなる。

気持ちの弱さを情けなく感じ、心の中で己を叱咤するのだった。

3章　もう逃げません

祐輔のマンションに泊まった翌日。彼と朝食をとった香桜里は、すぐに部屋を辞した。アパートまで送っていくと言われたが、「叔母の家に行く」と断った。ただの口実ではなく、実際行くつもりだった。叔母の千春に、祐輔と再会したことを相談するためだ。

三年前、祐輔と別れたあとに、叔母にはすべての経緯を話している。彼の父に脅されたことやお金を渡されたことを明かし、そのうえで『祐輔の前から姿を消したい』と希望した。そうしなければ、千春にも迷惑がかかるからだ。

彼女は、『自分のことは気にするな』と言い、『香桜里がしあわせになれる選択をしなさい』と励ましてくれた。

しかし、自分のことだけを考えて千春の仕事を邪魔するわけにはいかない。香桜里にとって叔母は、自分を育ててくれた恩人で唯一の家族だ。だから、身を切られる思いを抱えながらも、姿を隠したのである。

（それなのに、わたしは……自分の欲求に負けてしまった）

香桜里は自嘲しつつ、叔母の住むマンションを訪れた。

エントランスでインターホンを押すと、すぐにドアが解錠される。三年前まで住んでいたし実家のようなものだから、部屋の鍵は持っている。だが、ひとり暮らしを始めてからは、勝手に部屋へ出入りしないようにしていた。それが、けじめだと思ったからだ。

十階建てのマンションは、千春が商社に勤めていたころに購入した物件だ。すでにローンを払い終えており、彼女がそうとう努力したことが窺える。

「香桜里、よく来たわね」

「久しぶり、叔母さん」

リビングに通された香桜里は、懐かしい気持ちになりつつ微笑んだ。

「ごめんね、急に来て。忙しかったんじゃない？」

「なに遠慮してんのよ。ここは香桜里の実家なんだから、変に気を遣わなくていいのよ。いつだって来たいときに来なさい。ひとり暮らしをする前も言ったはずよ」

叔母は香桜里が家を出るときも、『いつでも帰ってらっしゃい』と言ってくれている。自立することを止めはしないが、無理だけはするなと口を酸っぱくして言い含められた。

千春は香桜里の父母代わりであり、姉のような存在だ。両親と違わずに愛情を注いでくれた彼女には、感謝しかない。

「それで、どうしたの？　まあ予想はつくけどね」

香桜里を招き入れた千春は、部屋に入るなり苦笑を零した。なんのことかわからずに首を傾げると、「冠城さんと会ったんでしょ?」と切り出され、目を丸くする。

「どうしてわかったの?」

「だって、悩んでる顔してるもの。香桜里がそういう顔をするときは、決まって冠城さんと何かあったときなのよね」

鋭い指摘に思わず息を詰める。しかし次に続いた言葉で、香桜里は衝撃のあまり倒れそうになった。

「ちなみに、冠城さんに香桜里の居場所を教えたのはわたしなのよ」

「えぇっ⁉」

予想すらしなかった千春の発言に混乱し、目の前で微笑む彼女を凝視する。

叔母は祐輔と別れた経緯を知っている。彼と会わないようにするための協力もしてくれたし、今勤めている花屋に紹介してくれたのも千春だ。

「どうして……?」

茫然（ぼうぜん）と問いかけた香桜里に、「絆されちゃったのよ」と笑った叔母は、チェストの引き出しから大量の手紙の束を取り出した。

「これ、なんだかわかる? 冠城さんからの手紙よ。香桜里が姿を消してから三年間、毎日欠かさずにうちのポストに投函されてたの。台風がこようがなんだろうが、一日も欠かさずよ？　それも直筆で、『香桜里を諦められないから、居場所を教えて欲しい』って、それはもうこっちが照れちゃうくらい熱烈な気持ちが綴られてる」

手紙を差し出された香桜里は、そのうちの一通を取り出した。

日付は三年前のちょうど今ごろの季節だった。綺麗な文字で、香桜里に会いたいことや、自分の父親の行動に対する謝罪が記されている。

一日一通、三年間で約千通にも及んだ手紙は、毎回違う文面が書かれていたという。千春から返事をすることはなかったが、それでも手紙が途切れることはなかった。

「彼ね、人の手を借りないで香桜里を捜していたそうよ。お祖父様との約束なんですって。その代わりに、無理やりお見合いをさせないようにって交換条件を出したらしいわ」

「わたしのために、どうしてそこまで……」

「それだけ香桜里に本気なんでしょう」

最初千春は、すぐに手紙は来なくなるだろうと踏んでいた。しかし予想に反し、毎朝必ず届いていたそうだ。

香桜里の居場所を教えることに躊躇いはあったが、三年もの間ずっと手紙を書き続け、気持ちが変わらなかった祐輔に好感を持った。叔母はそう語り、三年分の手紙の束を見て微笑んだ。

「冠城家は面倒な家みたいだけど、それ以上に彼の想いは信頼できると思ったの。わたしと同じかそれ以上に、彼は香桜里を大事に思ってる。ちょっと怖いくらいにね」

祐輔の執念に絆された形で、千春は香桜里の所在を教えた。ほぼ毎朝同じ時間に手紙が投函されていたため、ポストの前で彼を捕まえたそうだ。

香桜里の居所を知った祐輔は、たいそう喜んだという。

「何度もお礼を言われたわ。……わたしにも、香桜里との付き合いを認めてもらいたかったんですって。もう絶対に嫌な思いはさせない、香桜里が承諾してくれるまで、何回でも告白するんだって宣言してた。できれば一緒に住みたいって話してたわよ」

まさか祐輔が、三年もの間手紙を書き続けていたとは思わなかった。香桜里は祐輔の想いの深さを目の当たりにし、心が揺さぶられる。

（そんなこと、ひと言も言わなかったくせに）

再会してすぐにキスをされ、花屋を買収するかのような発言に反発した。昨日だって強引にマンションに連れて行かれている。

それでも強く拒めないのは、約束を守ってくれる律儀さもある男だから。彼は絶対に自分を傷つけないと安心できるから、いくら傲慢で強引な言動をしようと惹かれてしまう。

「叔母さん……あのね、冠城さんはわたしと住むために、わざわざ部屋を用意してるの」

香桜里は手紙をそっと撫でながら、千春と視線を合わせた。

「一緒に住もうって言われて……正直なことを言うと、すごく嬉しかったの。だけど、三年前の件があるから……また同じことがあったらと思うと……怖いの」

「もう、何を迷うことあるのよ。好きなら冠城さんと付き合えばいいじゃないの」

千春は香桜里の懸念を笑い飛ばし、鷹揚に笑う。

「あんたのことだから、彼のお父さんがまた脅してくるかも、なんて考えてるんでしょ。でも、心配いらないわ。うちの会社、これでも信用があるんだから。ちょっとやそっとの圧力で潰れるような経営はしてないのよ」

心にあったことを先読みされて、香桜里が二の句が継げずに口をつぐむと、千春は諭す(さと)ように続ける。

「冠城さんだけじゃなく、香桜里も三年間ずっと好きだったんでしょ。自分が好きになれる男に出会うのも大変だけど、自分を愛してくれる男に出会うのなんて奇跡なんだから」

「叔母さん……」

「あれだけ執念深く追いかけてくれる男はなかなかいないわよ？　まったく好きじゃない人にやられるとストーカー案件だけど、香桜里は冠城さんが好きなんだから問題ないわ。それに彼になら、香桜里を任せられる」

千春の目が、大量の手紙へ向く。それは、祐輔の真心そのもの。積もり積もった彼の想いの形そのものだ。

「あんたは自分を押し殺す癖がある。でも、そろそろ素直になりなさい。冠城さんは、香桜里を守るってわたしに約束したの。もし破ったら、ただじゃおかないってくぎを刺しておいたから安心しなさい。たとえ彼のお父さんが反対したとしても、今度は彼が守ってくれる。もうひとりで苦しまなくていいのよ、あんたは」

千春は、迷っている香桜里の背中を力強く押してくれる。仮に何かあったとしても自分は大丈夫だと笑う彼女の強さに、胸がいっぱいになる。

「……ありがとう、叔母さん。わたし、きちんと考えてみる」

「考え過ぎて、ドツボに嵌まらないようにね。今のあんたに必要なのは思いきりよ」

（思いきり、か……確かに、無縁の言葉だったかも）

叔母らしい励ましに、香桜里は苦笑して頷いた。

千春の家に行った翌日。いつものように勤務が終わり裏口から出ると、黒塗りの高級車が停まっていた。

（まさか……冠城さん？）

一昨日も仕事終わりに待ち伏せされていたことを思い出して足を止める。すると、車から降りてきたのは祐輔ではなく、彼の秘書の大泉だった。香桜里の前に立った秘書は、折り目正しく頭を下げる。

「お疲れ様です、岡野さん」

「お、お疲れ様です。冠城さんの秘書の方が、どうしてここに……」

「本日より、岡野さんの送迎を仰せつかりました。家までお送りいたしますので、どうぞ乗ってください」

「えっ！」

（送迎って、どうしてそんなこと⁉）

ギョッとして大泉を凝視すると、彼は表情を変えず冷静に続ける。

「冠城は、あなたの身を案じております。いわく、『通勤途中で事故に遭ったり、ストーカーに狙われないとも限らない。安全のために、勤務日は毎日送迎する』だそうです」

「そっ、そこまでしていただく理由がありません！　それに大泉さんも、ご自分のお仕事がありますよね？　ご迷惑をおかけしたくないのでお断りします」

「と、申されましても……クレームは冠城本人に直接お伝え願います。ちなみに私はあなたの送迎を引き受けたことで、特別手当をいただきます。これも仕事の一環なのでお気遣いは無用です。アパートの場所や勤務日も、冠城から聞いておりますので」

大泉は後部座席のドアを開け、香桜里が乗るのを待っている。

（冠城さんのやることが極端過ぎる……！）

わざわざ特別手当を出してまで秘書に香桜里の送迎を頼むなんて、完全に予想外だ。自宅への送迎など大企業の重役待遇並みである。一介の花屋の従業員には行き過ぎた待遇だ。

内心で叫んだものの、ここで渋ってても大泉を困らせるだけだ。

「それでは……お邪魔します」

申し訳なく思いつつ車に乗り込むと、運転席に乗った大泉がゆっくりと車を走らせた。

花屋から香桜里のアパートまでは、車で二十分程度の距離だ。いつもは駅前まで歩いてバスに乗っているため、通常よりも早く着くだろう。

ここまで気にかけてもらえるのは、ありがたいと思う。だが、さすがに送迎はやり過ぎである。三年間、特に危険な目に遭うようなことはなかった。それに、ストーカーに狙われる云々の心配は、想像力が逞し過ぎると言わざるを得ない。

（さすがにこれは、断りを入れるべきだよね）

連絡先は、この前彼のマンションに泊まった際に、強引に交換させられている。香桜里はバッグの中から携帯を取り出し、祐輔にメッセージを送ることにした。

気遣いには感謝するが、人様を巻き込むべきではない。自分はこれまで危険な目に遭ったことはなく、心配は無用だという内容を送る。

すると、アパートの近くまで車が来たところで返事が届いた。

『本当は俺が毎日送迎したいところだが、時間が取れないことがあるから信頼している秘書に頼んだ。今まで危険な目に遭わなくても、安全が保証されているわけじゃない。用心に越したことはない。俺の精神の安定のために、送迎を受け入れてくれ』

祐輔からの返事を読んだ香桜里は、頭を抱えそうになる。

（ずるい……〝わたしのため〟じゃなく、〝自分のため〟なんて……）

おまえのためだと言われれば断ることができるのに、祐輔のためだと言われると断りにくくなる。彼は香桜里が遠慮しないように、あえてそう言っているのだ。

（あの人は……やさし過ぎる）

彼の告白に対し、『考えさせてくれ』と言った。キスをして一緒のベッドで眠っても、復縁を承諾していない。今のふたりは、再会した元恋人というだけで中途半端な状態だ。だから祐輔は不安になり、香桜里が二度と姿を消さないように送迎を大泉に頼んだのかもしれない。

（冠城さんは誠意を示してくれた。これ以上振りまわす前に、しっかり心を決めないと）

そんなことを考えているうちに、車がアパート前に到着した。見慣れた景色にハッとした香桜里は、慌てて礼を告げた。

「ありがとうございました。……わざわざすみません」

「いえ、こちらこそ。冠城から岡野さんは頑固な方だと聞いていましたので、送迎を頑と して断られたらどうしようかと心配していました。受け入れてくださり感謝いたします」

まさかアパートまで送ってもらって礼を言われると思わなかったため、恐縮して「とんでもないです」と頭を下げる。大泉はルームミラー越しに香桜里を見遣ると、微笑ましそうに表情を緩めた。

「冠城は、あなたのことをとても気にしています。本当は自分で送迎をしたいようですが、社長という立場上、岡野さんの退勤時間に仕事が終わっているとは限りません。ですから、私に送迎役を託されたのです。これで安心して、仕事に集中できることでしょう」

なんと答えればいいかわからないまま、もう一度だけ礼を告げて車を降りる。すると、窓を開けた大泉は、「朝は冠城が迎えに来ます」と言い置いて車を出した。

（本当に、毎日わたしの送迎をするつもり？）

困惑した香桜里だが、走り去る車をただ眺めるしかできなかった。

＊

その日、祐輔がマンションに戻ったのは午後十時を回っていた。

今日は他業種のトップとの会食だったが、この日に限らずたいてい帰宅時間は午後十時前後だ。香桜里を待ち伏せていたときは、無理やりスケジュールをずらして時間を作った。そうでもしなければ、平日に身体を空けることは難しい。

会えなかった三年間が、祐輔を急き立てている。もちろん仕事に支障をきたす真似はしないが、それでも常に香桜里のことは頭にある。

(大泉はしっかり送り届けてくれたようだな)

秘書からの報告のメールに目を通し、安堵の息が漏れる。実際、今回送迎を決めたのは彼女に語った理由もあるが、どちらかと言えば父が接触しないようにとの意味合いが強い。

自分の目の届かないところで父が香桜里に会うような真似は避けたかった。また婚約者云々の話をされた挙句に金を渡すような真似をされたら、彼女はふたたび祐輔の前から姿を消すかもしれない。

(香桜里がまた姿を消したら、きっと俺は狂う)

この三年、祐輔は香桜里をもう一度取り戻したい一心で仕事に打ち込んだ。

二年前に社長に就任したが、その前はマーケティング部に所属していた。消費者のニーズや動向など、市場調査した結果を商品開発部に提案し、商品コンセプトやブランド戦略を含めて開発に携(たずさ)わる仕事だ。

祐輔はそこで、ある商品の開発に一から関わりヒットを飛ばした。しかし、当時の社長であり父の修三は満足しなかった。冠城グループの体制を盤石にしたいと考える修三は、多少のヒットくらいでは祐輔を一人前だと認めなかったのである。

『父が認めざるを得ない結果を仕事で残すこと』――祖父に課された条件をクリアしなければ、修三の用意した見合い相手と結婚する道が待っている。

「……冗談じゃない」

香桜里とようやく再会し、これからというときに横やりを入れられるわけにはいかない。

「政略結婚なんてしなくても、会社に利益をもたらしてみせる」

自分に言い聞かせるように呟くと、メールをチェックし、あるメッセージに添付されていた動画を再生する。それは、友人が社長を務める警備会社に依頼して撮影させた香桜里の仕事風景だった。

送迎は基本、祐輔か秘書の大泉がする。しかし彼女が仕事の最中は、別途警備会社の人間に守らせている。香桜里が店にいる間に、修三が人を遣って彼女を呼び出さないとも限らないからだ。

警備会社に依頼した件は、香桜里に伝えるつもりはない。知っているのは大泉、そして友人の社長だけである。彼らは依頼内容に対し、「気の毒に……」と、香桜里に同情していた。祐輔の執着の凄まじさに、戦いていたのである。

仕事中の姿が見たいから動画の撮影を頼んだところ、さらにドン引きされていたが、まったく気にならない。香桜里に執心しているのは、他人に言われなくても自覚がある。それでもやめられないのだから重症だ。

（ああ、やっぱり香桜里の笑顔はいいいな）

さすがに店内で撮影はしていない。店の外に客を見送った姿や、外にある鉢植えの世話をしているところを映しているだけだ。けれども祐輔は、三年間一日たりとも忘れたことのなかった女性を見られるだけで満たされていた。ただの動画であっても、何時間でも見ていられる。もちろん、直接本人が目の前にいるのが一番だが。

(明日の朝には会える。それまでの辛抱だ)

香桜里の出勤時間は把握済みだ。祐輔が出勤するよりも一時間早い。花屋の近くには霊園があり、墓花を求める客が多く訪れることから、一般的な店舗よりも開店時間が早いのである。

祐輔は通常午前六時に起床し、三十分ほど近所のマラソンコースを走る。その後シャワーを浴びて軽く朝食をとり、主だったニュースをチェックしてから出社だ。オフィスには車で十五分程度で着くため、朝は比較的ゆっくりと時間を過ごしている。だが、香桜里を送り届けてからとなると、ルーティンを見直す必要がある。

それでも苦にはならない。香桜里のためにかける手間は惜しくないし、積極的に彼女に関わりたいのである。

(こういうところも、重いんだろうな)

祐輔の顔に、自嘲の笑みが浮かぶ。しかし、わかっていながら自分の行動を制限できない。送迎の件も香桜里は遠慮していたが、いくら彼女の頼みであろうと譲れない。

(早く俺を選んでくれ、香桜里)

もう一度付き合うと決めてくれたなら、もう二度と離さない。自分たちの間を邪魔する輩（やから）がいれば、たとえ自分の父でも排除する。

彼女と視線が合うことがない動画を祈るように眺め、心に決意を刻んだ。

翌日。祐輔は昨夜予定していた通り、一連のルーティンを済ませたのちに車で香桜里のアパートに向かった。

家を出る前にメールで連絡していたため、彼女は律儀（りちぎ）にもアパートの前で待っていた。

助手席のロックを解除して中に促すと、困ったような表情で香桜里が乗り込んでくる。

今日も彼女はパンツスタイルにトレンチコートを羽織（はお）り、靴はスニーカーという動きやすさ重視の恰好だ。髪を緩くサイドで纏めていて、つい触れたい衝動に駆られる。

(仕事じゃなければ、このままシートを倒してキスをしたいところだ)

さすがに実行はしないが、祐輔の偽らざる本音である。欲望を押し隠してアクセルを踏むと、不届きな思考を感じさせないように声をかけた。

「おはよう、香桜里」

「おはようございます……」

香桜里はどことなく居心地が悪そうに、膝の上で手を握っている。昨日のメールの様子からも、送迎を断るつもりに違いない。予測した祐輔は、機先を制して逃げ道を塞ぐ。

「今日は楽しみにしていた。朝から香桜里と会えるなんて、今までの三年を思えば夢のようだからな。絶対に事故を起こさないよう安全運転で送り届けると約束する」

あくまでも送迎は祐輔自身が望んでいることだから、香桜里はなんら負担に感じる必要はない。言外にこめてちらりと見遣ると、何かを言いたげに視線を揺らしている。

(香桜里はやさしいからな。誰かのためだと言われれば受け入れる)

だから三年前、彼女は姿を消したのだ。冠城家のため、祐輔のためだと、修三に言い含められ、婚約者の存在まで告げられた。香桜里がもっと身勝手な女ならば、父に対して慰謝料を吹っかけ、祐輔を詰っていただろう。

でも、彼女は黙って身を引いた。それは香桜里の性格ゆえだが、祐輔にとっては最悪の選択だった。思い出すだけで父に対する怒りが湧く。

「あの、冠城さん……」

香桜里の声にハッとすると、彼女は言いにくそうに口を開く。

「さすがに、送り迎えしてもらうのは気が引けます。だって、わたしのアパートに寄らなければ、もっと朝はゆっくりできますよね?」

「そんなことを気にしているのか。俺は、朝から香桜里と会えるからまったく問題ない。でもおまえが気になるなら、交換条件を出そうか」

「交換条件……？」

「そう。俺は香桜里を送迎したいが、おまえは気が引ける。だから、交換条件として……おまえは、俺とデートすればいい」

「は？　どうしてそんな話になるんですか……！」

突拍子もない交換条件に、案の定香桜里は驚いている。祐輔は口角を上げると、したり顔で答えた。

「俺は、おまえにデートをしてもらう代わりに送迎する。おまえは、俺の希望を叶える見返りに送迎される。釣り合いが取れるだろ」

「そんなの詭弁（きべん）です。どっちにしたって、送迎されるのは決定じゃないですか！」

「だからそう言ってるだろ。俺はもう、おまえのことで何ひとつ諦めるつもりはない」

真剣な表情で告げると、香桜里が押し黙る。本気で拒否されれば話は別だが、こちらの手間や時間を慮（おもんばか）ってのことなら、絶対に引かない。

香桜里の意思は最大限尊重しつつも、二度と逃げられないように囲い込む。祐輔の決意は固かった。

「どうする？　香桜里。デートするなら、俺とおまえの休みが合う日がいい。確か今月のシフトは、土曜が休みだったよな。平日だと厳しいが、土曜なら俺も休みだからデートにはちょうどいい」

「だから、どうしてわたしの休みを知ってるんですか！」

突っ込みを入れた香桜里だが、「すみません」と小さく謝ると、口をつぐんでしまう。

困らせているのだと思う。だが、その表情すら愛しいのだから重症だ。もっと自分のことだけで香桜里の意識を埋めてしまいたい。そんな欲望が頭に渦巻く。

知られればまた怒られるであろうことを考えていると、香桜里が小さく呟いた。

「……わかりました。デート、します」

「よし、それならさっそく次の土曜にしよう」

すぐさま約束を取り付けた祐輔に、香桜里は半ば呆れながらも承諾してくれる。

（次の土曜なら、デートの場所は決まったな）

脳内で計画を組みながら、破顔する祐輔だった。

＊

祐輔の計らいで職場への送迎が始まって五日目、デートを明日に控えた仕事終わり。すでに見慣れた黒塗りの高級車を見つけると、香桜里は運転席の大泉に軽く会釈をした。

（本当に毎日迎えに来てくれて……申し訳ないな）

最初、大泉はドアの開閉をしようとしてくれていたが、さすがにそれは断っている。彼の勤める社の重役でもなんでもないし、迎えに来てもらうだけで心苦しいのに、これ以上仰々しい扱いをされると困ってしまう。そう説明し、以降は車の中で待ってもらっているのだった。

「お疲れ様です、大泉さん。今日もありがとうございます」

車に乗った香桜里は、バッグから缶コーヒーを取り出すと、大泉に差し出した。

「よろしければどうぞ」

「ありがとうございます。これは、うちの社の缶コーヒーですね」

「はい。ちょうど去年の今ごろに、期間限定で発売されたんですよね。桜のパッケージが可愛いのと、桜の香りがするコーヒーのプレゼントに応募したくてよく飲んでいたんです」

春限定で発売しているこの商品は、本体についている桜のシールを集めて応募すると、全員にコーヒー粉をプレゼントするイベントを行っている。特別な配合をした桜の香りが楽しめる珍しい品で、去年も話題になっていた。

「じつはこの商品、冠城の発案なんですよ」

「えっ……」

驚く香桜里に、大泉は「いただきます」と断って、缶コーヒーに口をつける。

「彼がマーケティング部に所属していたときに手がけてヒットした商品なんです。かなり〝桜〟にこだわっていたようなので、秘書になったときに理由を聞きました。すると冠城は、『好きな女性の名前に入っているから』と言っていたんですよ」

そのときの会話を思い出しているのか、大泉の顔に笑みが浮かぶ。

「『プレゼント用のコーヒー粉に桜が香るのは絶対条件だ。彼女がこの商品を飲んでくれることを願って開発した』――冠城はそう言っていました。あなたがこのコーヒーを飲んでいたことを知れば、とても喜ぶでしょう」

（まさかこのコーヒーが、冠城さんの手がけたものだったなんて……）

去年新発売したときは大々的にコンビニや大手スーパーで売り出していたし、パッケージが写真映えするとメディアでも話題になっていた。加えて、全員プレゼントのコーヒー粉が美味だったこともあり、一時商品が品切れになっていたほどだ。

缶コーヒーをよく飲む香桜里もたまたま商品を見かけて手に取ったが、とても気に入っていた。プレゼントにも応募し、コーヒー粉も手に入れている。一度好みの味を見つけると、しばらく同じ品ばかりを口にするため、期間限定商品ではなく定番として売り出して欲しいと思ったほどだ。

（自分が知らないところで、冠城さんと繋がっていたんだな）

祐輔は、香桜里と離れている間もずっと想ってくれていた。彼の言動でそれを感じていたが、形にして突き付けられると胸がいっぱいになる。

千通にも及ぶ叔母への手紙も、この缶コーヒーも、祐輔の愛が詰まっている。

「冠城は、今回の送迎を含めて強引なところもあります。ですが、あなたを本気で想っていることだけは確かです。少々愛が重……もとい、深いきらいはありますが」

（……今、重いって言いかけたよね）

香桜里は苦笑すると、「理解はしています」と答え、自分の缶コーヒーに口をつける。

彼に復縁と同棲を迫られ、『考えさせて』と告げてから一週間。期限が決まっているわけではないが、そろそろ答えを出すべきだ。祐輔はこの三年間、ずっと忘れずにいてくれた。そんな彼に対し、これ以上ふわふわとした状態でいるわけにはいかない。

「あの、大泉さん。お願いがあるんですが」

「なんでしょうか」

「一度アパートに行ってから、冠城さんのマンションに連れて行っていただくことは可能でしょうか？　冠城さんにお話ししたいことがあるんです」

「……それは構いませんが、冠城はマンションには戻っていませんよ？　おそらくまだオフィスにいるかと思いますが」

仕事が何時に終わるかわからないと語る大泉に、香桜里は「構いません」と答えた。約束しているわけではないから、そう簡単に会えると思っていない。だが、どうしても今、伝えたいことがある。

「マンションのエントランスには、ラウンジがありましたよね。そちらで待たせていただこうと思うんですが……駄目でしょうか」

「いえ、そういうことでしたら、私がコンシェルジュに話をつけておきます。冠城にも連絡して早く戻るように伝えておきますので」

「いえ、冠城さんには言わないでください……仕事の邪魔をしたくないんです」

明日はデートの約束をしている。夕方ごろにアパートに迎えに来てくれるとメールがあったが、今日は約束しているわけではない。

自分の都合で祐輔の予定を狂わせたくないと大泉に言うと、ふっと微笑まれる。

「冠城は、あなたを最優先にしますからね。わかりました。内緒にしておきましょう」

大泉は快諾し、香桜里のアパートまで車を走らせた。

その後。大泉の計らいにより、マンションのラウンジに入ることができた。

エントランス脇にあるラウンジは吹き抜けになっており、前面にある大きな窓からは中庭が見える造りになっている。シャンデリアに照らされた大理石の床がキラキラと反射し、さながら高級ホテルのようだった。

(何時ごろ帰ってくるのかな。大泉さんは、だいたい十時前後だって言ってたけど……)

現在、時刻は午後九時。このマンションに来る前に、大泉と一緒に夕食をとっている。

「ひとりで店に入るのは寂しいので付き合ってください」と頼まれたのだ。

自分を気遣っての方便だと察し、最初は遠慮していた。だが、祐輔が戻るまで時間があったため、結局ふたりでファミリーレストランに入ったのだった。

（さすが冠城さんの秘書というか……隙がない）

香桜里が遠慮しないようにファミリーレストランを選び、「必要経費ですから」と奢られている。断る間を与えない辺り、祐輔と似た印象を受けた。

（今度、お礼を言わないと。缶コーヒーの秘密も教えてもらったし）

そんなことを考えていると、携帯が振動した。祐輔からのメールだ。『今日も無事に帰れたようだな。明日は予定通り四時にアパートに行く』と記されている。

（大泉さん、ちゃんと約束を守ってくれたんだ。よかった。メールをくれたってことは、仕事が終わったんだよね）

香桜里はさっそく返信をした。『今、マンションのラウンジにいます』と返すと、数秒後に着信を知らせる画面になる。

「もしもし？」

『おまえ……っ、マンションって俺のマンションか⁉』

「はい、そうです」

『大泉からは、ちゃんと送り届けたと連絡があったが』

「マンションまで、送り届けてもらいました」

香桜里の説明に、祐輔は大きくため息をついた。『それならそうと言ってくれれば』と不服そうに唸る彼に、「わたしが内緒にしてほしいとお願いしました」と明かす。

「お話があるんです。だから来ました」

『……わかった。十五分で着く。待っていてくれ』

祐輔は言うが早いか、すぐさま通話を終わらせた。彼がこの場に着くまであと十五分。少し緊張するが、心はもう決まっている。

（素直に気持ちを伝えよう）

懸念が払拭されたわけではない。彼の父にふたりが再会したことを知られれば、また引き裂こうとするだろう。香桜里の周囲に対して圧力をかける可能性も否定できない。

だが、そういった不安は、祐輔と相談しながら解決していけばいい。叔母に背中を押され、彼の三年間の想いを知り、ようやく決意できた。

椅子から立ち上がった香桜里は、コンシェルジュデスクにいるスタッフに声をかけてラウンジを出た。彼は車通勤だから、地下駐車場に車を停めてからエントランスにやってくる。だから、エレベーターの近くで待っていようと思ったのだ。

エレベーターは数基あり、低層階用と高層階用にそれぞれ分かれている。どちらも見渡せる場所にあるソファに座ろうと、腰を落としかけたときだった。

「香桜里！」

到着したエレベーターのドアが開くと同時に、祐輔がこちらに駆けつけてきた。よほど焦っていたのか、珍しく表情に余裕がない。

「冠城さん……思ったよりも早かったですね」

「道が空いていたからな。いや、そんなことよりどうして急に」

「どうしても、今日お話をしたかったんです」

彼を見上げて決然と告げると、何かを感じ取ったのか祐輔が頷く。「わかった」と言って香桜里をエレベーターに促し、表示板を操作して自身の部屋がある階を押した。

この前宿泊したときもこうして彼の部屋に向かったが、心持ちが違っている。

前回は半ば強引に連れて来られたけれど、今回は自分の意思でマンションを訪れた。彼に会い、三年分の胸のうちを明かすために。

部屋に着くと、祐輔はリビングのソファに腰を下ろした。

コートを脱ぎ、彼の正面に座った香桜里は、やや緊張して膝の上で拳を作る。腹を据えたとはいえ、何をどう切り出すべきなのかを迷ったのである。

「急いで戻ったから喉が渇いたな。そういえばおまえ、夕食はどうした？」

「大泉さんがご馳走してくれました。近所にあるファミリーレストランです」

「……どうしてそんなことになるんだ」

「遠慮したんですけど、気を遣ってくださったんです。冠城さんは、だいたい十時前後の帰宅になるからって」

香桜里の説明に、祐輔は憮然と眉を寄せた。

「俺だってまだおまえと食事に行っていないのに、まさかあいつに先を越されると思わなかった。明日は、香桜里の好きな中華を食べに行くか」

なぜか大泉に対抗する彼の発言に、それまで感じていた緊張が薄らぐ。敏い男だから、あえて秘書に嫉妬めいたことを言って、香桜里の緊張感を拭おうとしたのかもしれない。

(好きだな。やっぱり……ずっと、ずっと好きだった)

香桜里は彼から視線を逸らさず、ゆっくりと口を開く。

「今日来たのは、あなたにお返事をするためです。いつまでも待たせてこのままの状態でいるのは、不誠実だと思うから」

話を切り出すと、祐輔が表情を引き締める。口を挟むつもりはないのか、神妙に香桜里に相対している。

強引な行動を取って困らせられることもあるが、彼は必ず話に耳を傾けてくれる。学生時代からそうだった。どんな些細な出来事だろうと、興味深そうに聞いてくれていた姿を思い出しながら、言葉を継ぐ。

「わたしは、三年前にあなたにひどいことを言って逃げてしまった。もっと言葉を選んでいれば、あなたを傷つけることはなかったのに……」

「気にしていない。プロポーズも性急だったし、就職を控えているおまえに対して配慮がなかった。それに、俺のバックボーンが重いのは承知している。付き合いにわざわざ親が口を出してくるような家だからな」

自嘲気味に語る祐輔に、香桜里は首を左右に振る。

「それは理由になりません。あのときのわたしは、余裕がなくて……ただ必死だった。子どもだったんです。わたしとの将来を真剣に考えてプロポーズしてくれて、本当は嬉しかった。冠城さんは誠意を示してくれたのに、あんな形で裏切ってしまってごめんなさい」

再会してからというもの、あまりにも彼がぐいぐい迫ってくるため抗おうと必死だった。だが、まずは三年前の謝罪をするべきだった。彼は、自分の父がしたことを謝ってくれたのだから。

「謝罪、受け取ってもらえますか？」

「それで、おまえの気が済むのなら」

祐輔の言葉にホッとして、笑みを浮かべる。彼に気持ちを伝える前に、まず三年前のことを謝らなければ始まらない。それは、香桜里なりのけじめのつけ方である。

「それと、これはお返しします。……あなたのお父様からいただいたお金です」

香桜里はバッグの中から分厚い封筒を取り出した。大泉に頼み、一度アパートに戻って取ってきたものである。

　彼の父に押し付けられたときから、ずっと手付かずで保管していた。見るからに大金の入っている封筒を家に置くことに不安もあったが、そうかといって置き場所がほかになかった。

「ずっとお返ししようと思っていたんです。でも振込先もわからないし、ご実家に送るにしても住所がわからないしで……どうすることもできないまま三年経ってしまいました。申し訳ありません」

「謝るのは俺のほうだ。父はおまえの気持ちを踏み躙った。それに俺も、三年前に家族に根回ししていればおまえに嫌な思いをさせずに済んだ。おまえと結婚することを優先にしていたんだ。今ならもっと上手く立ちまわれる。俺のほうが、よっぽど子どもだったよ」

　三年前、祐輔も香桜里も、お互いに子どもだった。そのときは最善だと思って行動していたが、結果としてお互いを傷つけただけだった。

（でも、今は……）

　時を経ても、気持ちは変わらなかった。香桜里は彼以外に心が動かなかったし、祐輔もずっと諦めずにいてくれた。熱に浮かされた状態ではなく、時間を置いたからこそ、以前よりも想いが強固になったのだ。

「……もう、逃げません」

香桜里は祐輔を見つめると、今の正直な気持ちを口にする。

「あなたのお父様に認められるとは思いません。三年前のように、また別れろと脅されるかもしれない。でも、何か問題が起きたときは、冠城さんに相談します。そして、お父様に認めてもらえるように努力します」

「香桜里……それじゃあ」

「もう一度わたしを、あなたの恋人にしてください……祐輔さん」

再会して初めて彼の名を呼ぶと、香桜里は微笑んだ。

彼はどれだけ逃げようとも、諦めずに追いかけてくる。もともとずっと好きだった男に抗うことは難しい。ならば、祐輔と別れる道よりも、共に歩く道を選びたい。

そう思えたのは、叔母の後押しや、新商品の開発に隠された想いを教えてくれた大泉のやさしさ、そして何よりも、三年間ずっと諦めずにいてくれた祐輔の行動からだ。

「叔母さんに出し続けた手紙のことも、缶コーヒーの新商品のことも、全部聞きました」

祐輔はわずかに目を見開くと、バツが悪そうに肩を竦める。

「……重いって引いただろ？　自分でもわかっているんだ。だが、おまえのことになると歯止めが利かない。みっともないくらい必死で、自分でも呆れるくらいだ」

「呆れません。だってそれも含めて、祐輔さんなんだって思うから」

本人も認めるように、彼の言動は重いかもしれない。でも、そんなことで嫌にはならない。むしろ、愛の深さを感じて嬉しいと思う。

香桜里の言葉を噛みしめるように「そうか」と呟いた祐輔は、おもむろに立ち上がると、となりに移動してきた。

次の瞬間、溢れ出る気持ちをぶつけるかのように、強く抱きしめられる。

「おまえが好きで堪らない。——三年分、抱いてもいいか」

切実な声と表情で求められ、鼓動が騒ぐ。今、ふたりの間に必要なのは互いのぬくもりだ。感覚的に理解した香桜里は小さく頷く。

祐輔は承諾を確認すると、香桜里の手を取ってベッドルームへ誘(いざな)った。灯(あか)りを点(つ)けてドアを閉めたのを合図に、唇を重ねられる。

「んっ……」

いきなり深く舌が挿し込まれ、ぞくりと身体の奥が疼く。祐輔には余裕がない。自分がそうさせているのかと思うと、喜びが胸に湧き上がる。

くちゅくちゅと唾液を撹拌(かくはん)する舌の動きに翻弄されていると、祐輔はその間にスーツの上着を脱ぎ捨てた。香桜里のブラウスのボタンを外し、ベッドの上に押し倒す。

「悪い、やっとおまえと恋人に戻れたと思うと余裕がない」

「あっ……」

デニムからシャツを引き抜き、すべてのボタンを外されると、飾り気のないブラが彼の眼前にさらされた。恥ずかしくなった香桜里は顔を逸らし、小さな声で訴える。

「シャワーを……浴びさせてください」

「嫌だ。その時間がもったいない。終わったらいくらでも浴びさせてやるから……今は触れさせてくれ。これ以上はもう一秒だって待ちたくない」

懇願するように言われ、どきりと鼓動が跳ねる。祐輔は香桜里が抵抗しないことを察したのか、ふたたび服を脱がせ始めた。デニムパンツを足から引き抜かれて膝を閉じようとすると、彼が身体を滑り込ませてくる。

「この三年、何度もおまえを夢に見た」

自身のベストを脱ぎ捨ててネクタイを外した祐輔が、膝立ちで見下ろしてくる。三年前よりも精悍で大人の色気を漂わせる男に見つめられ、期待感で胎内がぎゅっと締まった。

身体が、彼に抱かれた時を覚えている。音を上げるほどに濃厚な愛撫も、何度も囁かれた愛の言葉も。かつての香桜里は、全身で好きだと語る彼のセックスに溺れていた。

「先に言っておく。今夜は紳士でいられない」

「……いいです。それに、祐輔さんがこういうときに紳士だった記憶、ないです」

若さもあったのか、幾度となく果てても彼は放してくれず、気絶するまで抱かれたことは一度や二度ではない。ひどい抱き方をするわけではなく、とにかくねちっこいのだ。

しかし、香桜里はそれも嫌ではなかった。ただ、翌日に腰が立たなくなっていたから困っただけだ。

「わかった。おまえの了承を得たからもう遠慮しない」

口角を上げた祐輔は、ブラのホックを指で弾いた。フロントホックのため容易く外されてしまい、縛めのなくなった双丘が零れ落ちる。すると、彼が胸の頂きに吸い付いた。

「や、ぁっ……」

乳頭を唇に含み、もう一方を指先で扱かれる。久しぶりに愛撫されたふくらみは、素直な反応を示す。熱い舌先で転がされ、ジンジンと疼き出す。

恥ずかしい、けれど嬉しい。想いを伝えたくて彼の頭を掻き抱くと、応えるように強く吸引された。

「んっ、ぁあっ」

乳首を吸い出すような動きに、香桜里は艶声を上げた。勃起した胸の尖りを舌先で刺激され、もう片方は指の腹でくるくると撫でまわされる。左右に違う快感を得たことで、身体の奥から淫らな滴が溢れ出した。

(わたし、ずっとこの人のぬくもりが欲しかったんだ)

祐輔に触れられたことで、見て見ぬふりをしていた本心を自覚する。

付き合っていたとき、彼の家柄や取り巻く環境を知り、身分が違うと悩んでいた。それでも離れられなかったのは、祐輔を好きだったから。彼と過ごす時間は心地よく、こうして抱き合えば幸福を感じられるからだ。

　一度触れてしまえば最後、あとは坂道を転げ落ちるように祐輔に溺れていく。それは、別れる前も今も変わらないと身をもって理解する。

　凝った乳嘴を指と舌でいいように弄ばれると、臍の周辺のむず痒さが広がっていく。久しぶりに愛撫を受けて、しだいに呼気が乱れてくる。ずくずくとした疼きに急き立てられるように彼の肩をぎゅっと摑むと、顔を上げた祐輔が自分の唇を舐めた。

「気持ちいいか？」

「そんなこと……聞かないで、ください……」

　言わなくてもわかるだろうと目で訴えるも、祐輔は承知のうえで香桜里の言葉を待っていた。

「おまえから、俺を求める言葉が聞きたい」

　唾液に濡れた乳首に彼の呼気が吹きかかり、びくりと身体を震わせる。感じていると口に出すのは勇気がいる。だが、祐輔に応えたい気持ちが勝った。

「気持ち……いい、です。もっと、して欲し……」

「おまえのその言葉が聞きたかった」

　満足そうに笑った祐輔は、ふたたび乳房に舌を這わせた。慎ましく勃つふたつの尖りを交互に舐めまわし、舌を巻きつかせる。唾液に塗れた乳嘴は空気の揺れにも敏感で、彼が動くたびに快感を拾ってしまう。

「あんっ……や、ぁっ……」

痛みを感じさせない絶妙な加減で歯を立てられ、そうかと思えば指先で捻(ひね)られる。

祐輔に拓かれた身体は彼に従順だった。胸への刺激だけで愉悦を得た肌は火照りを増し、はしたないほどにショーツを濡らす。

「ゆ、すけ……さん、脱がせ、て……ぇっ」

下着の替えは用意していないのに、このままだと使いものにならないくらい汚してしまう。理性が働き思わず叫ぶと、「まだ余裕なんだな」と祐輔が顔を上げる。

「そんなことを気にする余裕を失くしてやる。脱がせてやるから腰を上げろ」

「んっ……」

彼に従いわずかに腰を上げる。すると、すぐにショーツを足から抜き取られた。その手でブラも肩から外され、全裸にされた香桜里が身体を隠そうとする。しかし祐輔はそれを許さずに、足首を持ったかと思うと大きく左右に開脚させた。

「濡れているな。ビショビショだ」

「や、やだ……っ」

それは真実だったが、感じていると認められるほど性に明け透けではない。なんとかして足を閉じたくて力を入れるが、彼に阻まれて叶わない。

祐輔はじっくりと秘所に視線を据えて、いやらしくひくつく蜜孔を眺めている。それも、ひどく卑猥な眼差しで。

（見られているだけなのに、どうしてわたし……）

蜜口は物欲しげに微動し、快楽を呼び込もうとしている。浅ましい反応に恥じ入り、咄嗟に両手で顔を隠す。けれど、祐輔は見ているだけでは満足しないとばかりに、両足の膝裏を押さえつけた。

次の瞬間、唇が秘裂に押し付けられ、花弁に舌を這わせられた。

「ンッ、いや……ぁあぁっ」

愛蜜を纏ったそこを舐められて、思わず顔から手を外す。艶めかしい舌の感触に身震いし、腰を逃そうと試みる。

彼には何度か舐陰を施されたことはあったが、香桜里はこの行為が苦手だった。感じ過ぎてしまうのだ。

「祐輔、さん……っ、やめて……汚い、から……ぁっ」

甘えた声で叫ぶも、祐輔は留まるどころかさらに攻め立ててくる。蜜孔に舌をねじ込むと、浅い場所をぐいぐいと刺激してきた。やわらかな舌に肉襞が触れる感覚に、シーツを握って身悶える。

「ア、ンッ……だめ、ぇっ」

シャワーを浴びていないのに、彼はまったく気にする素振りを見せなかった。

舌で秘孔を攻め立てながらも肉筋の奥に潜む花芽に指を這わせ、ぐりぐりと押し擦ってくる。弱点をしたたかに攻められたことで、内壁はきゅっと窄(つぼ)まり、胎の奥の切なさが募っていく。

恥ずかしい。けれどそれを上回る快楽に、香桜里はどんどん溺れていく。

「あぁっ……ゆう……ンッ、ぁああっ」

彼と別れてから、自分で秘所をいじったことはない。性的な欲求がそれほどないからだ。しかし、祐輔にひとたび触れられると、意識していなかった欲望を引きずり出される。

好きな男に抱かれる悦びを、心も身体も覚えていた。敏感な花蕾を撫でられ、激しい快感が全身を貫く。噴き出た汗で肌は湿り、激しい鼓動を打った胸が上下する。

(あ……もう、わたし……)

ぐんぐんと快感の頂きへと駆け上がっていく。自分の意思ではどうにもできず、香桜里は久々の絶頂感に総毛立った。

「祐、輔ッ……もう、いっちゃう……っ」

香桜里の叫びを合図に、祐輔は蜜孔から舌を抜いた。すぐさま花蕾を口に含み、じゅっ、と音を立てて吸い込む。刹那、香桜里の視界が白く濁(にご)った。

「ひ、ぁっ、ん、ぁああ……！」

びくびくと胎内が蠕動する。栓を失った淫口からは大量の愛液が噴出し、シーツにいやらしい染みを作った。

「は、ぁっ……」

だらりと四肢を弛緩させた香桜里は、呼吸が整わないままぼんやりと宙を見る。久々の快感はつらくなるほど強かった。まだ絶頂の波が収まらず、どこもかしこも燃えるように熱い。茫然自失の状態でいると、顔を上げた祐輔が口角を上げた。

「久しぶりの香桜里の味だ。美味いな」

「な、に言って……」

賛同しがたい発言をされて思わず反論しかけたが、彼の色気に息を呑む。

目の前にいるのは、飢えた獣のような男。ただ香桜里に焦がれ、欲しくて堪らないというように欲望を滾らせている。

とろとろと零れた淫汁を指で掬った祐輔は、それを口に含んだ。美味そうに舐め取る様を見て、また蜜液を滴らせてしまう。

「おまえのいやらしい汁ならいくらでも味わえる。本当に堪らない」

言いながら、彼は身に纏う衣服をすべて脱ぎ去った。臍まで反り返る昂ぶりを目の当たりにして、胎内が疼く。つい顔を逸らすと、祐輔はサイドチェストに手を伸ばし、取り出した避妊具を素早く装着する。

「香桜里――もう絶対におまえを離さない」

甘やかな声に顔を動かすと、彼が膝裏に腕を潜らせてくる。陰裂にひたりと添えられた昂ぶりは、薄い膜越しでもわかるほど質量があった。

無意識に腰を引きかけた香桜里だが、それは叶わなかった。彼は、ぬかるみに思いきり自身を突き入れてくる。

「ひっ、ぁあぁ……ッ」

祐輔の屹立が侵入し、香桜里は艶声を上げて軽く達した。絶頂して間もない胎内はうねうねと蠢(うごめ)き、侵入してきた雄塊に歓喜してまとわりついている。

「っ、く……キツ……」

久しぶりに男を受け入れた隘路(あいろ)は、きゅうきゅうと雄を絞り上げた。締め付けの強さに祐輔が呻き、眉根を寄せて香桜里を見つめる。

彼は苦しそうなのに、ひどく嬉しそうだ。そんな顔を見せられると愛しくて、なおさら彼を食い締めた。

「やっとおまえを抱けた……何度も何度も、何度も夢に見た。気持ちよ過ぎて頭がおかしくなりそうだ」

艶のある声で呟いたと同時に、祐輔は硬度のある雄茎で最奥を貫いた。

息をする間もないくらい激しい抽挿に視界が歪む。粘膜の摩擦が生む喜悦は胎内を蕩けさせ、肌が燃えるように熱くなる。

しばらくぶりの感覚に、香桜里は四肢を震わせた。肉襞の細かなところまで擦られると、内部に溜まった愛蜜がじゅぷじゅぷと音を立てる。間断のないその音は、聴覚までも侵して愉悦に変換していく。

「ゆう……っ、もっと、ゆっくり……ッ、んん！」

「悪い、無理だ。……止まらない」

祐輔は肉傘を子宮口に捩じ込むようにぐいぐいと腰を押し付けた。圧迫感に息をすることすら苦しくなり、必死で快楽に耐える。媚肉が抉られるのが気持ちいい。自分の中に彼がいるのが嬉しい。快感に喘ぎながら思うのは、祐輔が好きだということだけ。

「んっ、は……祐輔……好き、ぃ……っ、好き、なの……っ」

「おまえ……今それを言うのは反則だろ……ッ」

内部を満たす雄槍の質量がさらに増した。祐輔は香桜里の乳房を鷲摑みにし、腰の動きを速めてくる。肉のぶつかり合う音が、粘膜が接触する淫音が、荒く吐き出す呼気が混然となり、室内を淫靡（いんび）な空気に変えていく。

「香桜里……愛してる。おまえだけしか要らない」

譫言（うわごと）のように囁きながら、祐輔が胎内を行き来する。膨張しきった欲塊で肉襞をごりごりと擦られると、耐えがたい快感に苛まれる。一度達しているというのに香桜里の身体は貪欲で、久しぶりに感じた彼のぬくもりを貪っていた。

（こんな……気持ちよ過ぎる……っ）

香桜里は心の中で叫ぶと、ただ祐輔に揺さぶられるまま淫楽を享受する。

気持ちが通じ合って身体を重ねることでこれほど大きな悦びを得るのだと、改めて自覚した。離れていた三年間が、ふたりをより強く結びつけているのだ。

「あぅっ、は……ぁあっ、ん！」

腰の動きはそのままに、彼は乳頭を捻り上げた。香桜里の反応を見ながら施す愛戯は強烈な悦となり、頭からつま先までを駆け巡っていく。

蕩けた媚肉は肉棹に突き上げられると収縮し、奥処を切なく疼かせる。これ以上ないほど密着した粘膜同士が絡み合い、互いを忘我の境地へと導いていく。

「おまえが弱いところ……ここだったな」

腰の動きを緩めた祐輔が、臍の内側を重点的に突いてくる。そこは、恋人だったころに暴かれた香桜里の弱点だった。忘れていないとばかりに攻め立てられて、全身に電流が流れたかのように四肢を引きつらせた。

「あっ、そこ……いやぁっ」

「素直じゃないな。俺を締め付けて離さないくせに」

「あぅっ、ン、や……ぁああっ」

雄茎のくびれで抉られ、内壁がびくびくと収縮する。淫汁をかき混ぜながら腰を打ち付けられて身悶えるも、濡れ襞は卑猥な動きで肉槍を奥へと誘い込んでいる。

（もう、だめ……っ）

彼の形に押し拡げられた柔肉が、小刻みに痙攣する。

あと少しでふたたび快楽を極められる。感覚的に理解したとき、熟れきった蜜襞を熱棒で容赦なく穿たれた。脳まで響く苛烈な抽挿は、香桜里を正しく絶頂へと導く。

「い、く……いっちゃ……っ、ぁあああ……――！」

蜜窟が激しく蠕動し、胎内に埋まっている雄塊を深く食んだ。胎の内側が大きくうねり、視界が明滅する。きゅっとつま先が丸まり身体が強張ったのち、脱力感に襲われた。

彼に抱かれるといつもこうだ。中をこれでもかというほどほじくられ、繰り返し絶頂を味わわされる。それが意識を失うまで続くものだから、毎回体力が尽きていた。快楽に塗れて朦朧とする頭で思い出していたとき、祐輔が口角を上げた。

「は……すごい痙攣してるな。気持ちよかったか？」

「ん……」

答えようとしたが、舌がもつれて言葉にならない。

達したことで、全身に愉悦が巡っている。陰核への刺激とは別の鮮烈な快楽に、意識を保つことが難しくなってくる。しかし、まだ漲ったままの祐輔は、簡単に解放してくれなかった。

「だいぶ疲れているな。でも、悪いがまだ休ませてやれない」

瞼を閉じかけた香桜里を揺り起こすように、小刻みに腰を動かしてきた。達したばかりで過敏な身体が悲鳴を上げる。

「ゆう……っ、もう少し、待っ……」

「待てない。あと少しだけ耐えてくれ。——三年ぶりに好きな女を抱けたんだ。簡単にいくのはもったいない」

祐輔は嬉しそうに香桜里の額にキスを落とし、ふたたび激しい抽挿をする。快楽を極めて柔らかくなった蜜孔を硬い雄槍で行き来されると、成す術もなく何度も愉悦の波に攫(さら)われてしまう。

その夜、幾度となく悦の頂きに押し上げられた香桜里は、祐輔が満足するまで抱き潰されることになった。

（……今、何時だろう）

重い瞼を開けた香桜里は、身体中の倦怠感(けんたいかん)に眉をひそめた。まだ半分寝ぼけていたが、それでも昨夜のことは覚えている。

祐輔に告白をして抱かれた。自分の意思で、この先も彼と一緒にいたいと思ったのだ。

腹を括った今は、気持ちがとても凪いでいる。何があっても、ふたり一緒なら大丈夫だと信じられる。

彼は背中から香桜里を抱き込んで眠っていた。互いに裸で汗ばんだ肌を密着させているのが恥ずかしいが、嬉しさのほうが先に立つ。

香桜里は幸せを噛みしめて祐輔の腕に触れた。そのとき、自分の左手の薬指に指輪が嵌まっていることに気が付いた。

（これ……）

三年前、祐輔にプロポーズされたときに渡された指輪だった。別れを告げた際に、この指輪を含めてもらった品はすべて返した。それでもこの指輪のことは鮮明に覚えている。

彼にプロポーズされたことが嬉しくて何度も眺めたからだ。

「っ……」

サイズがぴったりの指輪を見た香桜里は、胸がじんとして涙が浮かぶ。

おそらくこれは、祐輔の決意だ。想いのこめられた指輪と抱きしめる腕の強さは、まるでもう二度と離さないと伝えてくるかのようだった。

小さく肩を震わせて嗚咽を堪えていると、ふ、と耳朶に吐息が吹きかかる。

「泣いているのか？　香桜里」

「……ごめんなさい。起こしちゃいましたね」

「それは別にいい。それよりも、泣いている理由は？」

祐輔は腰を抱いている腕を解き、香桜里の身体を反転させた。

正面で向き合う体勢になり、頬に伝う涙に唇を這わせられる。やさしいしぐさにふっと力を抜くと、正直な気持ちを語る。

「指輪を見て……いろいろ思い出したんです。これは、三年前のものですよね？」

「ああ。三年間、ずっと持っていた。おまえにもう一度プロポーズするために」

祐輔は香桜里の顔をのぞき込むと、真剣な表情で続けた。

「もう一度言う。俺と結婚してくれ、香桜里。もう三年前のように、父に邪魔をさせない。おまえのことは必ず俺が守る」

三年の間で、祐輔は大きくなった。配属された部署で新商品をヒットさせたばかりか、冠城ホールディングスの社長の座に就いている。社会的地位も高く、容姿も端麗。非の打ち所がないとは彼のためにある言葉だ。

本来ならば、香桜里でなくとも結婚相手はいくらでもいる。付き合っていたときも、彼にはふさわしくないという思いが拭えなかった。

だが、もう後悔はしたくない。この先の人生で、これだけ自分を好きになってくれる人も、好きだと思える人も現れないだろうから。

「……はい。よろしくお願いします」

香桜里の答えを聞いた祐輔は、次の瞬間、身体が折れそうなほど強く抱きしめた。

「やっと手に入れた。もう逃がさない」

「逃げません。もし仮に何かあっても、今度は戦います」

たとえ彼の父にふたたび脅されたとしても、三年前のように逃げ出したりはしない。想いをこめて祐輔に微笑むと、彼は秀麗な顔を笑みで染めた。

「近いうちに叔母さんに挨拶に行くぞ。その前におまえの引っ越しが先だな」

「えっ……」

「俺たちはもう婚約者だ。一緒に住んで何も問題はない。そうと決まれば、お前のアパートは今日中に解約するか」

「……さすがに急ぎ過ぎじゃありませんか？」

「何言ってる。俺はもう一時だっておまえと離れていたくない」

祐輔はよほど浮かれているのか、そうそうに引っ越しをさせようと目論んでいる。

彼の様子を眺めながら、香桜里もまたようやく想いを交わせた喜びに浸っていた。

4章　三年越しの蜜月

祐輔のプロポーズを受けてから半月経ったある日。仕事を終えて彼のマンションに帰ってきた香桜里は、勤めている店で安く分けてもらった花々を使ってアレンジメントの練習をしていた。

（まさか、こんなに早く引っ越しをさせられるなんて思わなかったけど……ここでの生活もだいぶ慣れてきたな）

ここ半月は、怒涛（どとう）の日々だった。

彼の行動は早かった。プロポーズを承諾したその日にアパートを解約させられ、翌日には荷物をマンションに運び込むことになった。それらはすべて祐輔が手配して行ったため、なんら手間をかけることなく引っ越しを済ませたのである。

香桜里は彼の実行力に困惑しつつも、祐輔との新生活をスタートさせたのだった。

引っ越してからも、花屋への送迎は続いている。朝は祐輔が、夜は大泉がそれぞれ車で送り迎えしてくれた。

彼の秘書にマンションに送ってもらうのは恥ずかしかったが、あらかじめ祐輔が説明していたようで、「あなたが一緒に住んでくれると、冠城は仕事が捗るようなのでよかったです」と、大泉に喜ばれている。

この半月は、驚くほど平和に過ごしていた。彼の父親のことは気になるが、「時期を見てふたりで報告に行こう」という祐輔の提案に賛成し、ひとまず彼との生活に慣れることを優先した。

(……こんなにしあわせでいいのかな)

香桜里は完成させたアレンジメントを玄関に置くと、自身の境遇に思いを馳せる。

祐輔のマンションに越した以外で、生活に変化はない。ただ、夜はひとつのベッドで眠り、朝起きたときに一番に顔を合わせる。そんな些細なことが嬉しかった。

それだけではなく、ふたりの共通のものがどんどん増えていくのも心が弾んだ。中でも、共有の書棚を購入したのは嬉しかった。学生時代、「この先一緒に住んだら、お互いの好きな作家を集めた書棚を作ろう」と祐輔が冗談っぽく話していたことがあり、それを叶えたのだ。

寝室に設置した書棚には、それぞれの好きな作家の書籍が収めてある。その中には、祐輔に返しそびれていた本も入っていた。

本を返すと、「まだ持っていてくれたのか」と彼は喜んだ。香桜里が自分と繋がる品を手離さなかった事実が嬉しかったのだと言われ、胸がいっぱいになった。

同棲を始めるにあたり、祐輔は「おまえのリズムで生活すればいい」と言ってくれている。「家事は互いに気づいたほうがやればいいし、無理にどちらかの生活に合わせる必要はない」とも。彼の言葉は、少なからず一緒に住むことを身構えていた香桜里にとってありがたかった。

（明日は、叔母さんの家に行ったあとに旅行だし……楽しみだな）

彼の提案で、叔母の千春にふたりで挨拶に行ったあと、一泊二日で出かける予定になっている。そのため香桜里は、二日ほど休暇を取った。それまで公休以外に休みを取らなかったこともあり、店長は「たまにはゆっくり休みなさい」と快諾してくれた。

（一泊だし、そんなに荷物は必要ないよね）

私室に入って小さな鞄に着替えを詰めていると、部屋のドアがノックされて振り返る。すると、帰宅した祐輔がネクタイを緩めながら、どことなく安堵したように目を細めた。

「明日の準備か？」

「はい。おかえりなさい、祐輔さん」

「ただいま。玄関の花、綺麗だな。おまえと暮らし始めて、家の中が華やかになった」

「まだ練習中なので、あまり上手くできませんが」

「アレンジメントの良し悪しは俺にはわからない。けど、俺はおまえのアレンジした花が家の中に飾られていると気分が和む」

祐輔は、香桜里が練習したアレンジメントを見て、いつも感想をくれていた。彼と住む前も練習はしていたがひとりで住んでいたため、感想をもらえることがなかった。それだけに、飾った花に対する言葉が嬉しい。

「おまえはこの三年で努力して、自分の夢を手に入れたんだな」

祐輔は部屋の中に入ると、ぎゅっと抱きしめてくる。これも一緒に住み始めてから毎日続いている習慣だ。彼のほうが帰宅が遅いため、帰ってくると必ず香桜里の部屋に来て抱擁(ほうよう)を交わす。そのとき彼は、毎回香桜里の顔を見て安堵したような表情を見せる。それが気になっていた。

(わたしが、傷つけてしまったからなんだろうな……)

おそらく祐輔は不安なのだ。また香桜里が姿を消してしまわないか、と。

「……わたしは、逃げませんからね?」

確かに、三年前には持っていなかった夢はあるし、やりがいも感じている。叔母と同じ業種に就くという目標は断念したが後悔はない。流れていく日々の中で、新たな夢や目標ができて前に進むのは当たり前だ。

けれども、変わらないものもある。祐輔への気持ちだ。彼の背中に腕を回すと、祐輔が小さく笑った気配がした。

「わかってる。ただ俺に自信がないだけだ」

「冠城ホールディングスの社長で、ヒット商品だって生み出しているやり手なのに？」

「仕事では結果を残す自信がある。それだけ努力もしてきたからな。だが、俺はおまえに対してだけは自信が持てない。……俺のほうが香桜里を愛し過ぎているんだ」

仮に、〝愛情〟を天秤にかけられるとするなら、明らかに自分の愛情が重いと祐輔は言う。香桜里がいないと駄目になるのは自分だから、と。

容姿も端麗で社会的地位も高く、非の打ち所がない男。それなのに、何も持たない香桜里の愛を乞い、自分に自信がないと言う。

「わたし……これからは、祐輔さんが不安にならないように愛情表現していきます」

決意をこめて伝えると、祐輔は抱きしめる腕を解いた。

「おまえが気にすることじゃない。俺に対して罪悪感は持つなよ。じゃないと、遠慮なく付け込むぞ」

不敵に言い放った祐輔は、噛みつくようなキスをした。

彼は香桜里の罪悪感を理解し、そのうえでわざと『付け込む』と言っている。それは祐輔のやさしさだ。本当に付け込むつもりなら、注意喚起などしないだろう。

薄く唇を開くと、口づけが深いものへと変化する。挿し入れられた舌は、ねっとりと歯列を舐め上げていき、ぬるぬると粘膜同士を擦り合わせる。舌を搦め捕られる感触にうっとりしていると、唾液を啜られた。

「んっ、ふぅっ……」

濃厚なキスを施され、思わず彼の胸に縋(すが)りつく。祐輔にキスをされると立っていられなくなる。このままずっとこうしていたいと思うほど心地いいのだ。

陶然としていた香桜里だったが、背中を撫で摩(さす)る彼の手つきに身じろぎする。意味ありげな撫で方にぞくぞくし、ついキスを解いた。

「んっ……まだ、明日の用意をしていないです。それに、夕食はもう食べたんですか？」

性的な動きをし始めた彼を留めようと、香桜里は胸を押し返す。

祐輔の帰宅は、ほぼ午後十時前後で固定している。『土日に仕事を持ち込まないように平日に集中してやっている』と言っていたが、それだけの理由ではない。社長という立場上、他社の重役との会食や懇親会などもあって多忙なのだ。

「今日はもう夕食は済ませた。本当はおまえと食事ができれば一番なんだが、今のところ土日しか一緒に食事できないのが残念だ」

「忙しいなら、無理しなくていいです。だって、ずっと一緒にいるんですから。いつだって食事する時間は取れますよ」

香桜里の言葉に、祐輔は一瞬虚を衝かれたように動かなくなった。けれども次の瞬間、強い力で抱きすくめられる。

（三年前に傷つけた分、これからはちゃんと気持ちを伝えていこう）

ひそかに決心すると、彼を抱きしめ返そうとした香桜里だが、押し付けられた下半身の感触に身体を強張らせた。祐輔のそこは、通常にはない硬さがあった。有り体に言えば欲情していたのだ。

「ちょっ……祐輔さん……っ」

「今のはおまえにも責任がある。俺は、おまえ相手にしか勃たないいんだ。可愛いことを言われたら勃つに決まっているだろう」

どういう理屈だと突っ込みたくなったが、祐輔の表情を見て口をつぐんだ。彼は、蕩けるようなやさしい笑みを浮かべていたから。香桜里が好きで堪らないのだと、表情やしぐさが物語っている。

「どちらがいい？　このまま一緒にシャワーを浴びながら抱かれるのと、ベッドで抱かれるのと。おまえの好きなほうにしてやる」

「……明日は叔母さんの家に行ったあと、遠出するんですよね？」

「予定に響かない程度にやさしくする。……欲しいんだ、香桜里」

ぐりっと腰を密着させながら囁かれ、カッと身体が熱くなる。

この半月、離れていた三年間を埋めるように互いに求め合っていた。祐輔は自分のほうが愛情が重いと言うが、香桜里とて彼を想っている。こうして触れられれば、抵抗できなくなるほどに。

「……ベッドがいいです」

「わかった」

祐輔は言うが早いか、香桜里を抱き上げて寝室へ向かう。結局祐輔の押しの強さに絆されて、ベッドで散々愛されることになった。


翌日。昼を少し回った時間に、祐輔の車で叔母の千春のマンションまでやって来た。事前に連絡を入れていたため、叔母は待ち構えたようにふたりを部屋に招き入れてくれた。

「いらっしゃい、ふたりとも。その様子だと上手くやってるみたいね。安心したわ」

にこやかに言いながら、千春はコーヒーを淹れてくれた。

彼女はすでに、ふたりが来た理由を察しているようだった。休日だというのに祐輔はスーツだったし、香桜里も普段のような服装ではなくワンピースを着ている。チェック柄でクラシカルだが、同柄のサッシュベルトがアクセントになっている可愛いデザインだ。

「その節はお世話になりました、叔母さん」

千春がいなければ、祐輔の三年分の想いを知ることはなかった。感謝をこめて香桜里が告げると、叔母は「他人行儀なことを言わないでちょうだい」と朗らかに笑った。

「それで、今日はどうしたの？　……と言っても、もう想像はついているけれどね」

祐輔と並んでソファに座り、他愛のない近況報告をしていると、会話が一段落したところで千春が話を切り出した。祐輔はやや緊張した面持ちで真率（しんそつ）に頷き、叔母を見据えた。

「本日は、岡野さんにお話があって伺いました。香桜里さんとの結婚の件です。彼女にはすでにプロポーズをして、受け入れてもらっています。それで、改めて彼女の親代わりのあなたにもお許しをいただきたいと思いました」

膝に手をついた祐輔は、千春に向かって頭を下げた。

「香桜里さんとの結婚をお許しください」

丁寧に頭を下げる彼の姿に、香桜里は感激して喉を詰まらせた。祐輔に倣（なら）い叔母に頭を下げながら、必死で涙を堪える。

（きっとわたしの知らないところでも、こうして叔母さんに頭を下げていたんだろうな）

香桜里が祐輔の前から姿を消している間、彼はこのマンションに何度も足を運び、叔母に手紙を出し続けた。しかし千春は、頑として香桜里の居場所を教えなかった。祐輔の父に脅され、別れを選んだことを知っているからだ。

祐輔はそれでも諦めることはなかった。三年間の彼の気持ちを考えると、なんとも言えず胸が切なくなる。

「叔母さん。わたし……祐輔さんと一緒にいたい。ようやくそう言える覚悟ができたの」

香桜里は叔母と向き合い、以前ここで見せてもらった手紙の束を思い出す。

三年とひと口に言っても、短い時間じゃない。ふたりとも、付き合っていたころとはだいぶ環境が変化した。しかし、その間祐輔は心変わりしなかったし、自分も同じだ。どれだけ抗おうとも、祐輔を忘れることなんてできなかった。

「きっと大変なことはあるだろうけど、もう祐輔さんからも自分の気持ちからも逃げない。叔母さんにはいっぱい心配をかけちゃったし、また迷惑をかけるかもしれないけど……」

周囲への圧力の可能性を考えて表情を曇らせた香桜里に、千春は「何言ってんの」と娘を諭すような口調で言う。

「あんたは、我儘(わがまま)も言わないしずっと聞き分けのいい子だったから……ちゃんと自分の意思を言ってくれて嬉しいわ。わたしは、ふたりの気持ちがしっかりしてるなら反対はしない。三年間変わらなかった気持ちなら、誰に何を言われても貫きなさい」

「叔母さん……」

「それにね、心配するのは当たり前だし、迷惑だってかけていいのよ。家族なんだから」

微笑んだ千春は、祐輔に目を向けた。

「冠城さん、わたしにとってこの子は実の娘と同じなの。大切にしてあげて」

「……はい、肝に銘(めい)じます」

祐輔は神妙な面持ちで頷くと、香桜里の手をそっと握る。

「三年前のような横やりは入れさせません。父に結婚の話をするのはこれからですが、必ず認めさせます。仮に反対されたとしても、二度と彼女を傷つけさせません」

「その言葉、信じるわ。わたしはもう、香桜里の悲しむ顔は見たくないのよ」

ふたりのやり取りに、目頭が熱くなる。大切な人たちの深い愛情に、香桜里は感謝するのだった。

＊

千春への挨拶を済ませると、祐輔は香桜里を連れて車に乗り込んだ。行き先は房総にあるホテルだ。とある目的のために選んだ場所だが、もちろん一番の理由は、彼女とふたりきりで過ごしたいからである。

プロポーズを受け入れられたことで、今の祐輔は怖いものなしと言っていい。香桜里が自分から離れること以外に憂いはない。

（あとは、誰にも文句を言われない結果を出して親父に認めさせるだけだ）

祐輔は、父の愚行を許していない。香桜里に金を押し付け、姿を消さざるを得ない状況にまで追い込んだ。決まっていた就職先を諦めなければならなかった香桜里の気持ちを考えると、腸が煮えくり返る。婚約の報告をしに実家へ行くときは、必ず父に謝らせようと思っている。

「祐輔さん、今日はどこへ行くんですか？」

香桜里に声をかけられて我に返ると、「房総のホテルだ」と説明する。

「近くに観光施設はないが、全室オーシャンビューで景色は綺麗だ。のんびりするのにちょうどいいと思ってな」

説明をした祐輔は、もうひとつの目的について言及を避けた。仕事の一環であり、自分自身がクリアしなければならない課題に関わっているからだ。

『他人の手を借りずに、自力で彼女の居場所を捜し出すこと』『父が認めざるを得ない結果を仕事で残すこと』——これらは祖父に課せられた課題だが、ひとつはクリアした。

あともうひとつは、いまだクリアに至っていない。

（缶コーヒーのヒットでは、親父は満足しなかった。それならもっと利益を上げてやる）

香桜里との平穏な生活、それだけを祐輔は望んでいる。

プライドを持って仕事に臨んでいるし、自分の立場も充分理解しているが、人生を会社に捧げようとは思わない。政略結婚に頼らずとも、自らの力で会社に利益をもたらす。それが祐輔のプライドであり、仕事に対する考え方だった。

車は順調に、東関東自動車道から京葉道路、さらに館山自動車道を下っていく。途中で休憩を挟むことなく走り、二時間程度で目的地に到着した。

今日来たのは、全国展開している有名ホテルである。名を『赤座(あかざ)』といい、旅行情報サイトでは、サービスや料理などの顧客満足度において常に高評価がついており、若者から年配まで幅広い年代に支持されている。

チェックインをそうそうに済ませ、スタッフの先導で最上階のスイートに案内されると、部屋に入った香桜里は目を丸くし、窓の外に広がる景色に見惚れていた。

「素敵ですね……わたし、久しぶりに海を見ました」

素直に感情を表している彼女を愛しく思う。今すぐ抱きたいところだが、嬉しそうな顔をこのまま眺めていたくもある。祐輔は満たされた気分でソファに腰を下ろした。

「気に入ったか？」

「はい。すごく綺麗な景色ですね。わたし、こんなふうに旅行したことなんてあまりなかったからすごく嬉しいです。連れてきてくれてありがとうございます」

香桜里は丁寧に礼を言い、言葉通り嬉しそうに微笑んでいる。

早くに両親を喪い叔母に育てられてきた彼女は、あまり旅行の機会がなかったという。学生時代に世間話の一環で本人から聞いた話だが、そのとき祐輔は、『自分で金を稼ぐようになったら、香桜里を旅行に連れて行きたい』と考えた。本人には伝えていなかったもののの、数年越しに叶えられたことになる。

（今回は一泊しかできないが、次はもう少し長めの旅行にしよう）

心の中で新たな目標を立てた祐輔は、窓の外を眺めている香桜里を背中から抱きしめた。

「少し散歩してみるか?」

「はい、ぜひ!」

首だけを振り向かせ、満面の笑みで香桜里が答える。プロポーズを受け入れてからの彼女は、笑顔に陰りがなくなった。それまでは悩んでいることも多く、晴れやかな表情を見られなかった。

(香桜里は、親父のことを気にしているはずだ。それでも、俺を信じてプロポーズを承諾してくれた。俺にできるのは、香桜里の懸念を取り除くことだけだ)

祐輔はそう考えながら、彼女を連れてホテルの周辺に散策に出た。といっても観光できる施設はなく、砂浜を連れだって歩く程度だ。

「もう少し時期が遅かったら海で泳げたと思うと残念だ」

ふたりで浜辺を歩きながら声をかけると、香桜里は首を左右に振った。

「泳げなくても楽しいです。……こんなふうに、浜辺を歩くなんてずっとなかったから」

「これからは、いくらでも連れてきてやる。おまえを連れて行ってやりたい場所はたくさんあるし、おまえが行きたい場所も知りたい。ふたりで旅行の計画を立ててもいいな」

未来の話をしていると、なんとも言えない幸福感で頬が緩む。

冠城ホールディングスの名は、常に祐輔について回る。それこそ自分が生まれる前から大企業として名を馳せてきた会社を、双肩に背負わなければならないのだ。誰にも言ったことはないが、重圧だって感じている。

しかし、香桜里と結婚して将来を共に歩むと目標ができたことで、重圧を撥ね除けることができた。彼女の存在が、今の祐輔を支えていると言っていい。

「靴を脱いで、海に足を浸けたくなりますね」

「やってみればいい。さすがに俺は、スーツだからできないが」

やや迷う素振りを見せた香桜里は、小さく微笑んだ。

「今回はやめておきます。いつかまた海に来たときに、一緒に入ってください」

ごく当たり前のような発言に心臓を鷲摑みにされた祐輔は、思わず彼女を抱きしめた。

(俺は一生、香桜里には敵わないな)

彼女の言葉ひとつで、ひどく安心している自分がいる。同棲し、プロポーズを受け入れてくれた今でも、どことなく不安が付きまとう。三年前の出来事があるからだ。

(情けないな。香桜里は俺の腕の中にいるのに)

自嘲した祐輔は、穏やかな波の音を聞きながら香桜里に語りかける。

「叔母さんにも結婚を認めてもらったことだし、本当はすぐにでも籍を入れたいところだが……俺にはまだ課題がある。父を認めさせるくらいの結果を、仕事で残さなければいけないんだ」

三年前に別れを告げられ、祖父と交わしたふたつの約束の話をする。ひとつはすでに達成した。彼女の叔母に誠意を見せ、認めてもらえたことで香桜里と再会できた。

しかし、もうひとつはまだ達成していない。

「今、俺が抱えている案件のなかに、社にとって大きな利益になるものがある。契約がまとまれば、父も認めざるを得ないだろう。本当は、結果を残してからおまえを家に連れて行くべきなんだろうが……俺は、家族に宣言したいと思っている」

祐輔には果たすべき約束と責任がある。それを香桜里に話したうえで、希望を伝える。

「おまえと結婚するために、必ず契約をまとめると父に言いたい。香桜里が俺のモチベーションで、ほかの誰も代わりにはなれないとわからせたい」

だが、今の状態で香桜里を実家に連れて行けば、また嫌な思いをさせるかもしれない。それを避けるためには、時を置いたほうがいいことも併せて告げた。

「おまえが、まだ俺の実家に行くのは待ったほうがいいと言うならそうする。意見を聞かせてくれ」

「……祐輔さんは、いつも強引なくせに、肝心なところで及び腰ですね」

腕の中で身じろぎした香桜里は、祐輔を見上げた。

「このままの状態でいるよりも、ご挨拶に伺いたいです。お父様に怯えているよりも、自分から出向いたほうが気持ち的に楽になれそうですし。……三年前は引き下がりましたけど、今は状況が違います。祐輔さんが成果を挙げようと頑張るなら、わたしも頑張ります。ちょっとくらいお父様に嫌味を言われたって大丈夫です」

香桜里の表情は凜として、揺るぎない意思を感じさせる。ここで少しでも躊躇いを見せれば、祐輔が不安になることを知っているのだ。

三年前に姿を消した負い目を感じさせてしまっている。そう感じた祐輔は、口角を上げてみせた。

「おまえにだけだ。俺が及び腰になるのも、自信がなくなるのも。でも……そうだな。父にふたりで会いに行こう。おまえが押し付けられた金も返さないといけないしな」

「そうですね。……わたしも、三年前は言われっ放しだったので、もし今回何か言われるようなら堂々と戦います。だって、ひとりじゃないから」

水平線に沈む夕日に照らされ微笑む香桜里は、見惚れるほど綺麗だった。

(好きな女にここまで言わせたんだ。何を不安になることがある)

香桜里を手に入れるまでは、ただ必死だった。そしていざ彼女に想いを受け入れられると、〝いつかまた自分の前からいなくなるんじゃないか〟と不安になった。

けれども、冠城家に一度嫌な思いをさせられている彼女が戦うと言ってくれた。祐輔にとって、これほど心強い言葉はない。

「おまえとの結婚を認めさせるために、俺も努力する。……父が三年前におまえを認めなかったのは、俺が未熟だったからだ。冠城ホールディングスの地盤を強固にするために、政略結婚という形を取ろうとしたが、俺はそんなものに頼らなくても会社を盤石にする。口だけではなく結果を残して父に突き付けてやる。――だから、俺を諦めないでくれ」

「やっと、祐輔さんらしくなりましたね」

傲慢とも取れる発言だが、香桜里は笑って許容する。彼女の強さを感じて愛しさが募り、祐輔は堪らず香桜里の唇を奪った。

（きっと、俺がどれほどおまえに溺れているか知らないだろうな）

彼女の口腔に舌を挿し入れ、舌の表面をぬるぬると擦る。

香桜里は祐輔の胸にぎゅっと縋りつき、キスを受け入れている。それをいいことに、舌の付け根までねっとりと舐め上げ、唾液を啜り上げる。

「ん、ぅ……っ」

彼女から漏れる甘い声は、祐輔をさらに煽った。柔らかな粘膜を余すところなく味わいながら、細い腰を強く抱く。密着度が増したことで、服越しにも彼女の鼓動が伝わってくる。香桜里と同じくらい激しく自分の心臓が拍動し、欲情で下肢が疼いてくる。

「香桜里……」

キスを解いた祐輔は、吐息混じりに名前を呼ぶと彼女の髪を避けた。耳殻（じかく）に舌を這わせて軽く歯を立ててやると、肩が小さく震える。

自分だけではなく、香桜里も欲情させたい。もっと夢中にさせて、どろどろに蕩けさせたい。そんな思いで耳孔をくすぐれば、波音にかき消えそうなほど小さな声が聞こえた。

「これ以上、ここじゃ……」

「それなら、ここじゃなければいいんだな？」

あえての問いかけに、香桜里が恥ずかしそうに頷く。満足した祐輔は、彼女の腰を抱いて部屋へ向かうのだった。

＊

浜辺からホテルに戻ると、スイートに入ったとたんに祐輔がキスを仕かけてきた。

「んんっ……」

先ほど浜辺で交わしたキスで、身体はすっかり火照っている。口内を舐（ねぶ）ってくる舌の動きに翻弄されながら、香桜里はきゅっと胸の奥が締め付けられるのを感じた。

（わたしは、もう逃げない。この人が愛してくれるから）

祐輔の少し重い愛情も、彼のバックグラウンドも、すべてを受け入れる。もし彼の父に認めてもらえなくても、認めてもらえるまで一緒に頑張ればいい。前向きになれるのは、彼をもう傷つけたくはないからだ。

口腔を這いまわる舌先にうっとりしつつ、彼の背中に腕を回す。

スーツの上からでもわかるくらいに、程よく筋肉のついた硬い背中は、頼りがいを感じさせた。キスをされるときに、ぎゅっとしがみつくと安心する。こうしていると、どうして三年も離れていられたのかと今さらに思う。

（きっと……再会して、触れ合ったから……箍が外れたんだ）

離れていた間も彼に愛されていたことを知って、今まで抑え込んでいた気持ちが溢れ出した。もう彼と再会する前の生活には戻れない。祐輔の愛に包まれる心地よさを覚えてしまったから。

「ゆ、う……苦し……」

吐息すら奪うような濃厚な口づけを施され、息苦しくなって訴える。気づけば、ドアの前から移動すらせずにいる。それだけお互いに夢中だったのだ。頬を染めたとき、祐輔は不敵に笑った。

「可愛いな、香桜里。何度キスをしても慣れないところも、気持ちよくなると呂律が回らなくなるところも……いつも俺を堪らなくさせる」

祐輔は香桜里の腕を引き、ベッドへと誘った。上着を脱いでソファに抛り、ベッドの縁に腰を下ろす。

「来い」

促された香桜里がおずおずと祐輔の前に立つと、彼の足の間に座らされた。背後から両腕で腰を抱かれ、肩に顎をのせられる。

「浜辺じゃ駄目でも、ベッドの上ならいいんだろう？」

「あ……んっ」

耳朶を口に含まれ、軽く噛まれた。ピリッとした感覚に身を捩ると、片手で胸を揉み込まれる。服の上からやわやわと揉みしだかれ、彼に背を預ける体勢になってしまう。

「んっ、耳、くすぐった、い……っ、ぁん！」

祐輔は乳房を揉む手はそのままに、耳孔に舌を挿し込んだ。ぬちゅり、と濡れた音が耳の奥で響く。濡れた舌と彼の呼気に鼓膜が犯され、脳内まで痺れるかのような感覚に陥った。びくびくと内股が震え、ショーツの中が湿ってくる。

（もう濡れてる。恥ずかしい……）

もじもじと膝をすり合わせていると、彼がスカートを捲(まく)り上げる。

太ももまで引き上げられたことで下着が見えてしまい、とっさに隠そうとした香桜里だが、祐輔がそれを阻むように耳朶を噛んだ。

「んっ……」

痛みを感じない程度の強さで噛まれ、今度はそこを舐められる。濡れた耳殻に彼の吐息が吹きかかり、胎内がぞわぞわと奇妙に疼く。執拗に舐られた耳は熱く、足の間をしとどに濡らす。

「は、ぁっ……ワンピース、皺になっちゃう、から……ぁっ」

「それは、脱がして欲しいって催促か？」

「ち、違……っ、ぅん！」

服の上から双丘を鷲掴みにされ、いやらしく指を食い込ませてくる。ブラの中ではすでに乳首は勃起していて、彼が指を動かすたびに布と擦れる。それがひどく気持ちいい。

「脱がせて欲しいわけじゃないなら、自分で脱ぐか？」

「あ……っ」

彼は胸のふくらみから手を移動させると、ワンピースのファスナーを下ろした。その手でブラのホックを弾くと、耳もとで囁きを落とす。

「ほら、手伝ってやったんだから早く脱げ。皺になるぞ」

少し意地悪な声で促され、香桜里は全身から火が噴きそうなほど恥ずかしくなった。彼の前で自ら服を脱ぐなんて、付き合っていたときでもしたことがない。

しかし自分で望んだ手前、今さら脱ぎたくないとは言えない。

立ち上がった香桜里は、ベッドから少し離れると、彼に背を向けたままワンピースを脱いだ。窓際の椅子にそれをかけると、ブラを肩から外したところで動きが止まる。

（見られてる……）

振り返らなくても、祐輔の視線が注がれていることがわかる。肌はじりじりと焦げつくように熱を持ち、期待感で淫口がひくつく。ただ見られているだけで感じているのだ。淫らな反応に恥じ入って身を竦めたとき、彼の声が投げかけられた。

「香桜里、こっちを向け」

「っ、無理です……」

彼にはすべて晒しているのに、裸を見られるのは羞恥が付きまとう。抱かれるときは、いつも夢中だから忘れていられる。けれど、全裸で祐輔の前に立つのはやはり恥ずかしい。

「おまえが来ないなら、俺から行くしかないな」

言うが早いかすぐさま香桜里のもとまでやって来ると、祐輔が背後から抱きしめてくる。持っていたブラが床に落ちたが、腕に捕らわれて拾うことができない。

うろたえている香桜里の姿に欲情したのか、彼は布越しに腰を擦りつけながら欲を孕んだ声音で告げる。

「おまえが俺を意識すればするほど煽られるんだ」

「や、あぁっ……」

祐輔は背中に伸しかかるような体勢をとり、胸のふくらみを包み込んだ。ゆっくりと弾力を味わうような動きで押し揉まれ、手のひらと擦れた乳嘴が甘く疼く。

「もうこんなに凝らせてたんだな。耳を舐められて感じたのか？」

彼の指摘は事実だった。乳首は硬くなっていたが、それを認めるのは恥ずかしい。彼があえて意地悪な問いかけをしているのはわかっているのに、まんまと手管に嵌まっている。羞恥を覚えるほどに身体は火照りを増し、快楽に溶けていく。

「下着も邪魔だろう。取るぞ」

「んっ……」

ショーツのサイドで結ばれていた紐を解かれ、欲情を吸って濡れていた布が床に落とされる。恥所を押さえていた布を失ったことで、つうっ、と淫汁が太ももを伝い落ちた。

「香桜里、愛してる。おまえに捨てられたら俺はもう生きていけない」

「な……に言って……」

「事実だ。おまえが愛しくて、どうしていいかわからない。おまえは重いと感じるかもしれないが……自分でもどうしようもない」

「あっ⁉　んっ……ぁああっ」

祐輔は耳朶を食みながら、ぬかるんだ蜜口に指を挿入した。熟れた女筒は指の侵入を悦び、きゅうっと窄まる。快楽を得てぶるりと身震いすると、勃起した乳首をぐりぐりと扱かれ、思わず前のめりになった。

先ほど言われた言葉をもっと深く考えたいのに、彼は容赦せず媚壁を押し擦る。

「やぁっ……そんな……いじらない、でぇっ……」

耳と乳房、蜜孔の三か所を責められて、あられもない声を上げた香桜里だが、彼はもちろん行為をやめてくれない。口では嫌がる素振りを見せながらも、身体は明らかに反応している。本気で嫌がっていないことをわかっているのだ。

如何ともしがたい愉悦が全身に巡り、無意識に腰を左右に振って快楽から逃れようとする。けれども、腰を動かしたことで中に埋められた指の節が媚肉を抉り、我慢できずに目の前の窓に手をついた。

（気持ちいい……こんな、恥ずかしい体勢なのに……）

立ったまま全裸で身体をまさぐられるなんて、今までにされたことはない。未知の体験がもたらす淫悦は強烈で、香桜里はひたすら翻弄された。

「お前の中、俺の指に吸い付いてくるぞ。この体勢好きか？」

「あ、んっ、わからな……」

「それなら自覚しろ。これだけ濡らしていたら、嫌でもわかるだろ」

肉襞を削るように指の腹で押され、香桜里は尻を突き出す恰好になってしまう。

窓の外には先ほど歩いた砂浜と海が広がっている。すでに日が沈んで薄闇に包まれているが、視界が不鮮明な分不思議な浮遊感を覚えた。

「最上階のせいか、空の上にいるみたいだな」

背後から囁かれた台詞にハッとする。それは、学生時代に好きだった作家の本にあった台詞だ。主人公が海の見えるホテルを訪れ、窓の外の景色を目にした感想である。

「知っていたか？　ここはお前の好きだった小説のモデルになったホテルだ」

蜜口の浅い箇所で指を行き来させながら、祐輔が笑う。しかし香桜里はそれに答える余裕などない。ただ首を振って刺激に耐えていると、彼が乳頭を強く摘まんだ。

「あぁっ……んっ、や、ぁっ」

「小説ではこんなことはしていなかったけどな。……会えない間、おまえが好きだと言っていた作家の本を集めて何度も読んでいた。香桜里も同じ本を読んでいるかもしれないと思うと、繋がっていられる気がしたんだ」

まさか、彼がそんな想いでいてくれたとは知らなかった。またひとつ祐輔の気持ちを知ることができたのに、口から漏れるのは喘ぎのみだ。

おそらく彼は返事を求めておらず、ただ拗れた愛を伝えたいだけ。そのうえで、今こうして触れ合える状況を喜んでいる。

ぐちゅぐちゅと淫音がかき鳴らされる淫靡な室内で聞くにはそぐわない話だが、祐輔はあえてこのタイミングで明かした。面と向かって話すには〝重い〟と思ったのだろう。

（きっと、まだわたしが知らないことがいっぱいある……）

「んっ、ゆうっ……も、っと、教え、て……」

香桜里は快感に喘ぎながらも、祐輔に想いを伝える。彼の愛を知れば知るほどに、胸が締め付けられる。もう二度とつらい思いはさせたくない。強い気持ちを舌にのせれば、背後で笑った気配がした。

「俺の愛は重いぞ。いいのか？」

「いい……わたしが、あなたを知りたいから」

「っ、おまえは、そうやってまた俺を煽る」

ずるりと指を引き抜かれ、小さく声を上げる。ガラスに縋る恰好でなんとか立っていると、カチャカチャとベルトを外す音がした。

首だけを振り向かせると、口に咥えた避妊具を破った彼が不敵に笑う。

「そのまましっかり手をついていろよ」

手早く避妊具を着けた彼の昂ぶりが、恥部にあてがわれる。猛々しい感触にぎくりとしたとき、雁首が浅瀬に挿入された。

「ひっ……ぁああっ」

内部に溜まっていた愛液が押し出され、ぐぷりと音を立てて内股に垂れ流れる。待ち望んでいた刺激に蜜口がひくつき、雄茎を奥へ誘うべく媚肉が蠕動した。

「いつもよりキツいな……立ってするのが好きなのか？」

「んぅ、苦しい……っ」

彼の雄茎は硬く長大で、ぐいぐいと隘路に押し入ってくる。立位での交わりは通常の体位にないいやらしさが付きまとい、なおさら快感を得てしまう。

「まだ全部収まっていない。ほら、もっと腰を突き出してみろ」

「んぁっ……！」

　片腕で腰を抱き込まれ、一気に突き入れられた。総身を震わせた香桜里は、中で脈打つ雄茎の感触に耐える。彼の形に押し拡げられた蜜襞がきゅうきゅうと収縮し、自分自身を苦しめる。淫楽の渦へと否応なしに落とされ、目の前の景色が歪んでいく。

「これ、っゃ……あぁっ」

　祐輔に抱かれると、自分が自分でなくなる感覚に襲われる。彼しか受け入れたことがない身体の一番深い場所が、歓喜にわななく。とてつもなく恥ずかしい体勢なのに、今はもうそんなことはどうでもいい。ただ、好きな男に貫かれる悦びで心身が満たされる。

「気持ちいい、だろ？　香桜里……言ってみろ。俺は、最高に気持ちいい」

　投げかけられた言葉に反応して奥処がぐっと締まる。自分に感じてくれていることが嬉しいのだ。

　乱れた彼の熱い吐息がうなじに吹きかかり、背筋が甘く蕩けていく。

　みっしりと隙間なく埋め込まれた肉槍を食み、息も絶え絶えに快楽に耐えていた香桜里だが、彼はおもむろに乳房に手を伸ばしてくると、双丘で勃起している乳首を摘まんだ。

「動くぞ、耐えろよ」

「あっ⁉　だ、め……ぇっ」

　胸の先端を強く捻り上げた祐輔が腰を叩きつけてきた。

　強い衝撃で目が眩むも、彼は躊躇せずに蜜壁を抉ってくる。雁首で子宮口を穿たれ、全身がぴりぴりと痺れたように敏感になっていく。噴き出た汗を拭うことすらできないまま、胎内が恐ろしい勢いで快楽に塗れていった。

　連続する強い悦にぎゅっと目を瞑って耐えていると、熱い吐息が耳朶を撫でた。

「香桜里、目を開けろ。いいものが見られるぞ」

「え……」

　促されて目を開けた香桜里は、目の当たりにした光景に全身の血液が沸騰するような心地を味わった。

　外が完全に暗闇になったことで、窓ガラスには全裸の自分とシャツがはだけた祐輔が映し出されている。みっともなく快楽に溶けた顔を正視できずに顔を背ける。

「やっ……」

「俺に抱かれているときのおまえの顔は綺麗だ。最高にそそられる」

　乳房に指を食い込ませた祐輔は、思いきり腰を引いたかと思うと、肉棹で最奥を貫いた。膨張している雄の塊は媚肉を焼ききるような熱量で、胎の奥にずっしりと響いてくる。

「祐……っ、激しい、の……っ、んんっ」

鋭い肉の摩擦が喜悦を生み、香桜里の思考を奪っていく。淫らな抜き差しが奏でる粘ついた音ですら快感でしかなく、胎内の熱が勢いよく高まっていた。

窓ガラスには悦に入った自分の顔、そして、深く感じ入っている祐輔の顔が映っている。いつも夢中で気づかないけれど、自分がセックスのときにこれほど快楽に染まった顔をしていたのだと初めて知った。まるで繋がれていることを嬉しいと言っているかのようで、自覚すると羞恥が増した。

「また中が締まった。意外とわかりやすい反応だな」

「言っちゃ、や、だ……ぁっ……」

「可愛いな、香桜里。本当に……おかしくなる」

祐輔は喜色を浮かべると、抽挿を速めた。じゅぽじゅぽと淫らな音を立てながら膣内が擦り上げられ、生理的な涙が浮かぶ。感じ過ぎているのだ。性感の高まった身体はどこを触れられても刺激を愉悦に変換してしまい、今にも絶頂へ追いやられてしまいそうだった。

(いく……いっちゃう……！)

心の中で叫んだ香桜里は、まだこの時間に浸っていたくて懸命に堪える。全裸で立位のまま貫かれることに恥じらっていたはずが、そんな思考は彼方に追いやられてしまった。

祐輔が好きで、好きで、彼がくれる愛情が愛しい。

「ゆう……んっ、キス、したい……っ」

譫言のように口にすると、腰の動きを緩めた祐輔が香桜里の片足を持ち上げた。膝裏に腕を入れられて体勢が変わり、横から突き上げられる。

「あっ、奥……いっぱい……やぁっ」

不安定な姿勢になってガラスに片手をあてたまま、もう片方を彼の首に回して持ちこたえる。すると祐輔は、香桜里の腰を支えて体位を安定させた。

挿入の角度が変化したことで雄茎と蜜襞の交わる角度が変わり、新たな愉悦となって身体を襲う。荒い呼吸を繰り返して彼を見つめると、祐輔が口の端をつり上げた。

「キスをねだるなんて、いつの間にそんな手管を身につけたんだ？」

「そんなんじゃ、な……ぁあっ、ん！」

卑猥に拡がった蜜洞が、肉棹を扱いている。雄を奥まで呑み込んでいる感覚に喘ぐと、彼が艶のある吐息をついた。

「まったく……これ以上俺を夢中にさせるな……っ」

「んぅっ」

呻くように言った祐輔は、望みを叶えてキスしてくれた。口内をぐちゃくちゃにかきまわす舌の動きも、肉襞をごりごりと削る激しい腰使いも、彼に施されるすべてが気持ちいい。

香桜里は夢中で彼の舌に自分のそれを絡めた。突かれながらキスを交わしていると、全身を祐輔に支配されたような心地になる。それが嬉しい。

「んっ、ンぅ！　ンンッ……っぅ」

唇を塞がれて息苦しさを覚えながらもしあわせだった。腰を打ち付けられると振動で乳房が上下に揺れ、それすらも快感となってしまい身震いする。限界まで押し拡げられた媚肉がひくひくと収縮し、胎の内側が狭まる感覚に、香桜里はキスを解いて艶声を上げる。

「ゆ、うっ……もう、いっちゃ……っ」

「いけ、香桜里……ッ」

彼に名を呼ばれ、蜜路が収斂する。肉壁が雄茎を引き絞る感触にぞくりとし、胎の内側からせり上がる絶頂感に身を委ねた。

「あぁっ、は、ぁっ……ぁああ……ッ」

全身が総毛立ち、視界で官能の火花が散る。快楽の頂点に達した蜜洞が肉楔を圧搾（あっさく）すると、苦しげに呻いた祐輔が胎内でさらに膨張する。

「っ、く……！」

締め付けに耐えかねたように胴震いした彼は、数度腰を打ち付けてくる。白濁をすべて絞り出すかのように、痙攣している肉筒を摩擦した。

「愛してる……香桜里」

彼もまた達したものの、まだつながりを解かないまま余韻に浸っている。香桜里は「わ

たしも」と掠れた声で告げると、力の入らない腕で、祐輔に抱きついた。

(……いま、何時だろう?)

ゆっくりと重い瞼を開いた香桜里は、見慣れない景色を見て一瞬戸惑った。しかしすぐに状況を把握すると、頬に熱が集まってくる。

祐輔と散々抱き合ったあと夕食をとり、ふたたび求められた。体力は限界だったが、それでも抗えずに抱かれたのちに気絶するように眠っている。意識を失う前はまだ暗闇だった窓の外は、すでに白みがかっていた。

(声、出し過ぎた。恥ずかしい……何か飲んで落ち着こう)

祐輔の腕の中を抜け出して起き上がった香桜里は、ひとまずクローゼットにあったバスローブを羽織ってキッチンへ向かう。このスイートルームには主に長期滞在するゲスト用にキッチンがあった。

冷蔵庫を開けると、各種飲料が揃っていた。水や緑茶、コーヒーから酒類までが入っている。だが、違和感を覚えて首をかしげる。

(あれ? ここって〝冠城ブランド〟の飲料が入ってないんだ)

中にあるのはいずれも他社の商品で、見事なまでに冠城の飲料がない。常日頃より冠城ブランドを愛飲している身としては寂しい限りである。

しかたなく冷蔵庫の中から茶を取り出したとき、背後から声をかけられる。

「起きたらいなかったから一瞬焦った」

「祐輔さん……子どもじゃないんですから、心配いりませんよ」

振り返ると、彼は上半身裸の状態で香桜里を見下ろしていた。

「俺が、おまえがそばにいないと駄目なんだ。片時も離れていたくない」

言葉だけ聞くと重いが、祐輔の声に悲愴さはない。昨夜想いを伝え合ったことで安心したのだろう。

安堵した香桜里は、持っていたペットボトルを彼に見せた。

「このホテルって冠城ブランドの飲み物は置いてないんですね」

祐輔は香桜里の持っていた茶に目を向け、わずかに目を細める。

「ああ、気づいたか。じつはこのホテルチェーンとは取り引きがないんだ。以前から他社と関係が深いから切り込めなかった」

真面目な顔つきになった祐輔は、冷蔵庫からミネラルウォーターを取り出した。やはりメーカーは冠城ではなく、競合他社のものである。

「俺は、このホテルになんとかして食い込むつもりだ」

「えっ……」

「このホテルで冠城の商品が取り扱われることになれば、かなりの利益が見込める。そのために今、動いているところだ。契約が取れれば、父も文句は言えないはずだからな」

祐輔はミネラルウォーターの蓋を開けると、一気にそれを飲み干した。ボトルをシンクに置いて乱暴に口もとを拭う姿からは、先ほどまでの甘さが感じられない。冠城ホールディングス社長の顔付きになっている。

(祐輔さんは、いつもこんな顔で仕事をしているんだろうな)

もともと端整で凛々しいが、香桜里の前で見せる表情とまるで違う。今の彼は人の上に立ち、何かを成し遂げようと強い意志を感じさせる〝働く男〟の顔だ。

再会してからの時間よりも離れていた時間のほうが長く、現在の彼に対する理解はまだ足りない。

(わたしがまだ知らないことがたくさんあるんだ)

ひとつ彼のことを知ると、よりいっそう惹かれてしまう。顔を合わせるたびに、何度も恋をしているのだ。思わず見惚れていると、祐輔に頭を撫でられる。

「『赤座』にうちの商品を取り扱わせるのは少々骨なんだ。祖父の前に冠城の社長だった人とホテルの先々代の社長の仲が険悪だったらしくてな。一度関係が拗れてからは、いっさい取り引きがなくなった。ホテル側に旨みがある条件を提示できないと、新規で契約を取るのは難しい」

もともと『赤座』と取り引きをしているメーカーは、冠城と競合している。加えてホテルとの関係が良好でないことから、館内の自動販売機やレストラン、バーで提供する飲料にも冠城ブランドはいっさいない。前社長や前会長も営業をかけたことはあるものの、いずれも結果を残せなかったという。

「今回旅行にこのホテルを選んだのは、何か営業のヒントになればという気持ちもあったんだ。実際に宿泊することで、ホテルの雰囲気や宿泊客の動向を探れればと考えた」

「そうだったんですね……」

「といっても、おまえとの旅行が第一で、仕事がメインで来たわけじゃない。――だが、おまえには知っていてもらいたかった。俺が本気で父を認めさせようとしているんだと」

決然と語る祐輔の言葉に迷いはない。頼もしさを感じる一方で、何もできない自分がもどかしく思う。

（契約することの旨み、か……）

営業の経験はなく、まったく畑違いの職種に就いている香桜里は、彼の仕事を手伝うことはできない。けれど、それでも考えずにはいられない。

「……わたしに何かできることはありますか？　祐輔さんの役に立ちたいんです」

「おまえが俺のそばにいてくれるだけで充分だ。香桜里さえいてくれれば、俺はたとえどんな無理難題でも達成する自信がある。おまえは俺の生きる意味だ」

彼の言葉に、香桜里はふっと笑みを浮かべた。

「それも、本の中にあった台詞ですね」

「そうだな。でも、俺の本心だ」

窓際で不埒な行為に及んでいた際、彼は香桜里が学生時代に好きだった作家の本の台詞を口にした。そこで初めてこのホテルが本のモデルになっていたことを知って感激したが、快楽に流されて有耶無耶になってしまった。

「わたしが好きな作家を覚えてくれていて嬉しかったです。それに、このホテルに連れてきてくれたことも。聖地巡礼ってやつですね」

「聖地巡礼？」

「映画やドラマ、アニメなんかの舞台になった場所をファンが訪れることをそう言うんです。ファンにしてみれば、作品に出てくる建物や景色は聖地ですから。やっぱり実際に見ると感動しますよね」

「なるほど、最近は〝聖地巡礼〟なんて言うのか。そういう付加価値があれば集客にもなりそうだが、聖地になるのも簡単じゃなさそうだな」

香桜里が好きな作家はマイナーなため、聖地巡礼をするような熱心なファンはそういない。だが、メジャーな作品であれば、舞台となった土地に集客が見込める。もちろんそう簡単に狙い通りにはいかないだろうが。

「……でも、そうだな。何かの付加価値をつければ集客に繋がるわけか」

呟いた祐輔は、しばし考え込むように目を伏せた。香桜里は彼の思考を邪魔しないように、持っていた茶の蓋を開けて口をつける。

（やっぱりわたしは、冠城ブランドのほうが好きだな）

別れを告げてからの三年間、祐輔を思い出させる冠城の商品を見るのはつらかった。一時期遠ざかっていたこともある。けれども、嗜好は簡単には変わらない。それまで愛飲していたコーヒーをはじめ、たいがい選ぶのは冠城ブランドである。

（お父様に認めてもらうことも大事だけど……祐輔さんの仕事が上手くいけばいいな）

若くして社長の地位に就いている彼には、想像以上に重圧がかかるはずだ。それでも祐輔は自分の立場を理解し、会社を大事に考えている。秘書の大泉から缶コーヒーの誕生秘話を聞いたときに感じたのだ。

香桜里に対し、過剰なまでに執着と愛情を見せる祐輔も愛しい。だが、仕事で成果を挙げていく実力と意思の強さにも惹かれている。

（別れたときよりも、ずっとこの人のことが好きになってる）

再会して実感した。彼を忘れることは無理だ。ましてや、もう離れることはできない。

熱のこもった眼差しを祐輔に向けていると、ふと彼が顔を上げた。

「おまえと話していたらプレゼンの方向性を思いついた」

「えっ……」

「オフィスにこもっているだけだと行き詰まる、ってことだな。コストや開発期間含めてクリアしないといけないことは多いが、とにかく必要なのは突破口だ。各部署にプロがいることだし、しっかりと仕事をしてもらう」

香桜里にはなんの話かさっぱりわからなかった。しかし祐輔の顔は晴れやかだ。それまで深い霧の中で道に迷っていたところに、煌々と太陽の光が降り注ぎ道を照らされたかのようである。

仕事のことを考えている彼はとても素敵で、いつまでも見ていたいと思わせるほどに生き生きとしている。社を背負う人間の矜持と情熱が、祐輔を三年前以上に魅力的にしているのだ。

香桜里は微笑むと、脱ぎ捨てられていたシャツを彼に手渡した。

「いつまでもそんな恰好だと風邪を引きますよ。続きはリビングで考えたほうがいいです」

「いいな、それ。愛されている感じがする」

彼は言葉に違わず、本当に嬉しそうだった。香桜里はまたしても祐輔に見惚れてしまい、声を詰まらせる。

（こんな些細なことでそんな顔されると、こっちが困る）

祐輔の言葉を借りるなら、『愛されている』と感じたのは香桜里のほうだ。それも、『感じ』ではなく確信である。

特別なことをしたわけではないのに、こちらが照れそうなほど魅力的な表情をしてくれるなんて驚きだった。逆に言えば、普段彼は香桜里から『愛されている』と実感していないことになる。

（これからは、もっと愛情表現していこう）

香桜里がこっそり決意したときである。シャツを羽織った祐輔に突然抱き上げられた。

「ちょっ……祐輔さん？」

「まだ朝食まで時間がある。一緒に風呂に入ろう」

「は⁉　何言って……！　下ろしてください！」

「断る。香桜里が可愛いからもっと可愛がりたくなった。黙って言うことを聞いておけ。それとも、ベッドで抱かれるほうがいいか？」

どう考えても了承しがたい二択を迫られた香桜里は、迷った挙句「……お風呂に入りたいです」と告げた。今から抱かれるのは体力的につらい。祐輔もわかっていて、あえて言っているだろうからタチが悪い。

「それなら風呂に行くか。安心しろ、風呂では抱かないから」

彼は上機嫌で言いながら、バスルームへ向かって歩き出す。その様子に、どこか身の危険を感じるのは気のせいではなさそうだ。

「……本当に、もう無理ですからね」

「わかっている。おまえに嫌われるようなことはしない」

そう言う祐輔だが、『おまえじゃなきゃ勃たない』と宣言する男である。先ほど身をもって思い知っただけに、まったく安心できない。

おそらく、ただ風呂に入るだけでは済まないだろう。けれども彼に迫られれば、拒みきれないことはわかっていた。

その後、香桜里の予想通りに風呂に入るだけに留まらず——祐輔にふたたび甘く啼かされることになった。

5章　波乱の結婚報告

ふたりで房総に一泊旅行をしてから半月ほどが経過した。

その間、祐輔は日付を跨ぐ帰宅が続いた。ホテルで語ったように、契約を取るために動いていたのだ。少々気がかりだった香桜里だが、「正念場だから」という彼の言葉を聞き、見守ることに決めた。プライベートで祐輔の憂いがないようにと、彼が帰宅したときは笑顔で出迎えていた。

この半月ほどはマンションでひとりで過ごす時間が多かったが、寂しさも不安もなかった。祐輔が、目標のために努力していることがわかっているから。会社の利益のため、そして、ふたりの結婚を認めてもらうために、結果を残そうとしている。

（祐輔さんも頑張ってるんだし、わたしも頑張らないと）

六月上旬のある休日。香桜里は自分自身を鼓舞（こぶ）すると、目の前にそびえ立つ大豪邸を見上げた。都内で高級住宅街として名を馳せるその地域の中に立つ屋敷は、冠城邸――祐輔の実家である。

大きな門構えと広い敷地の中にある二階建ての洋館は、白亜の豪邸と呼ぶにふさわしい。つい見入っていると、となりに立つ祐輔が笑った。

「そんなに驚くとは思わなかった」

「驚きますよ！　初めて来たけれど、大きい家ですね……」

「まあ、マンションに比べればそうだな」

実家だから見慣れているのか、祐輔は特に感想はないようだ。しかし、一般的な住宅とはかけ離れた立派な屋敷なのだから、香桜里の驚きは当然といえる。

敷地内の駐車スペースに車を停め、玄関前まで来るまでの間に、また見事な庭が広がっている。しかし、景色を楽しむ余裕がないのが残念なところだ。

「緊張しなくてもいい。父が何か言ってきても、無視して構わない」

「さすがに無視はしませんよ。でも、よほどのことがあったら言い返すかもしれません」

「それでいい」

可笑しそうに笑った祐輔は、玄関の扉を開けた。

冠城邸を訪れた目的はただひとつ。祐輔との結婚を認めてもらうためである。

改まる場とあり、彼はスーツ、香桜里は白のトップスに薄いブルーのフレアスカートを選んだ。スカートは花柄で、夏らしさがありつつ上品に見えるコーディネートである。左手の薬指には祐輔に贈られた婚約指輪を嵌め、万全の態勢でこの場に臨んでいる。

（ひとりじゃないし、大丈夫）

となりには、誰よりも頼りにしている男がいる。好きな人と一緒にいるための苦労なら、たとえ何があっても乗り越えてみせる。強い思いを抱いて長い廊下を進んでいくと、彼がリビングの扉を開いた。

（わ……想像以上に広い！）

中に入ると、両開きの大窓がまず目に入った。外にはデッキがあり、リビングから外へ出られるようである。部屋の中央にはコの字型に応接セットが設えられ、そこに三名が腰かけていた。

ひとりは一度会ったことがある彼の父・修三、もうひとりは上品な女性で、彼の母だろう。名は静子といい、事前に聞いた情報では結婚に賛成しているという。

三名の中でもひと際貫禄があるのが祖父の祐太郎だが、こちらも静子と同様に結婚に反対はしていない。ただし、祐輔が修三に出した条件をクリアすることが前提にある。

「まあ、よくいらしてくださったわね。おかけになって」

「はい。ありがとうございます」

声をかけてくれたのは静子だ。礼を言うと、祐輔と共に並んで座る。ふたりの正面には彼の父母が、四人を見渡す位置に祖父が座っている。彼の祖母はすでに亡くなっているため、この部屋には冠城家が勢ぞろいしている。

「事前に話していたが、改めて言う。俺は彼女――岡野香桜里さんと結婚する。プロポーズして承諾してもらった。彼女の叔母さんにも挨拶済みだ。今日はその報告に来た」

祐輔が話を切り出すと、静子は笑い、祐太郎は無表情でひとつ頷く。しかし、修三だけは眉根を寄せていた。大きなため息をつくと、祐輔と香桜里を見据える。

「おまえたちの結婚は、三年前に認めないと言っているはずだが？　それに、そちらのお嬢さんは私から手切れ金を受け取っている。にもかかわらず冠城の敷居を跨ぐとは、ずいぶんと厚顔ではないか」

「あなたが香桜里に勝手に会って脅したことは、今でも俺は許していない」

スッ、と祐輔の目が細められる。もともと秀麗な顔立ちの男が表した嫌悪は、見る者をぞっとさせる。

彼は本気で自分の父に憤っているのだ。それも、香桜里のために。

「彼女の名誉のために言うが、金を受け取っても一円も手を付けていない。あなたから押し付けられた封筒は、封も切られないまま保管されていた」

祐輔は持ってきたブリーフケースの中から封筒を取り出し、テーブルの上に置いた。

「これは香桜里から俺に返されたものだ。ふたりで返しに来ようと決めていたから、今日持ってきた」

「今さらだな。一度金を受け取った事実は変わらん。祐輔、おまえにはもっとふさわしい家柄の女性がいるだろう。冠城を背負う者として、自分の立場を弁えろ」

修三の態度はにべもなかった。祐太郎と静子は口を挟まず、推移を見守る姿勢のようである。香桜里もまた、父子の会話に割り入ることなく、静かに膝の上で手を握る。

ここで口を出すべきではない。この先水を向けられたときに、自分の気持ちを伝えればいい。じっと我慢していると、祐輔が自身の手で香桜里の手の甲を包み込む。

「香桜里が金を受け取らざるを得ないように仕向けたのはあなただろう。彼女が一番大切にしていた叔母さんを盾にするような真似をして。……俺は、その話を聞いたとき腸が煮えくり返る思いだった」

（えっ……）

叔母への圧力を匂わせられた件は、祐輔に伝えていなかった。父が金を渡そうとしたことだけでも自責に駆られていたから、これ以上の負担をかけたくなかったのだ。

驚いて彼を見つめると、彼は香桜里の手をぎゅっと握った。

「彼女の叔母さんからすべて聞いている。正直、許されなくて当然の行為だったのに、それでも香桜里も叔母さんも俺をもう一度受け入れてくれた。もしふたたび圧力をかけるような真似をするなら……俺は全力で阻止する」

祐輔はいつになく厳しい表情と口調で父と相対していた。すべては、香桜里と千春を守り、三年前の二の舞を演じないためだ。

彼の強い想いに胸が詰まり、歯を食いしばる。そうしていないと、涙を流してしまいそうだったから。

「俺は、政略結婚をしなくても冠城を大きくしてみせる。それと、俺にほかの女をあてがおうとしても無駄だ。香桜里以外の女と子どもを作るつもりはない。跡取りが途絶えるぞ」

「おまえは……何を馬鹿なことを言っているんだ！」

怒気をあらわに修三が叫ぶ。しかし彼は、父の様子を気に留めることなくさらに続ける。

「跡取りが欲しいなら、香桜里との結婚を認めてもらう。性懲りもなく三年前のように俺に政略結婚をさせようと企んでいるみたいだが、何をしても無駄だ」

「おまえという男は、どれだけ愚かなんだ……っ」

修三の怒声に怯むどころか、祐輔は口角を上げた。

「筋は通した。あとは、俺が仕事で成果を挙げれば問題はないだろう。爺さんとは、そう約束している。ふたりとも、それで構わないな？」

答えを求めるように祖父と母に目を向けた祐輔だが、彼らが答える前に修三が目の前のテーブルに拳を叩きつける。

「勝手に話を進めるな！　……おまえがそのつもりならば私も考えがある。見合いを断るつもりなら、次の取締役会で社長の解任決議をする。会長の私が提案すれば、おまえの役職などすぐに解かれるぞ」

（解任……⁉）

　修三の言葉に息を呑んだ香桜里は、となりの祐輔を見つめる。彼は動じることなく父を見据えると、決然と言い放った。

「俺は別に、香桜里と結婚するためなら冠城の家を継がなくても構わない。――三年前ならそう啖呵を切っていた。でも、今は違う。そんなことをすれば香桜里が悲しむ。自分の立場もわかっているつもりだ」

「……ならば、おまえはどうするつもりなのだ？　祐輔」

　そこで初めて、祐太郎が口を挟んだ。場の視線が集中すると、傘寿になった老人は一同を見まわして静かに語る。

「私はおまえの意思は尊重すると言ったが、それは社に貢献できる結果を残すことが前提だ。そこのお嬢さんと結婚したいのであれば、修三が納得できる〝土産〟がなければならん。それが筋を通すということだ。社の利益になる男でなければ、修三の言うようにおとなしく見合いしたほうが身のためだ」

　祐太郎の言葉は重みがある。もしも祐輔がなんらかの結果を出さなければ、父の言うように見合いをしろと暗に言っている。

　広い部屋の中に、ピリピリとした緊張感が走る。

　祖父と父より重圧をかけられた祐輔だったが、それでも余裕を失わなかった。香桜里から手を離さずに、会長と前会長へ堂々と告げる。

「取締役会が開かれるまでには……いや、親族会が開かれるまでに結果を残す」

「ほう？　親族会は取締役会よりも一週間早い。それでいいのか？」

興味を引かれたように祐太郎が目を眇（すが）めると、祐輔は大きく頷いた。

「俺は、もう二度と香桜里を冠城家のことで悲しませないと決めているんだ。そのためにも、ここにいる全員だけでなく一族にも結婚を認めさせる」

決意を知らしめる息子の発言を聞き、修三が軽侮する。

「その言葉、忘れるな。なんら成果を挙げられなければ、今度こそおまえに見合いさせる。相手は、千場（せんば）グループのお嬢さんだ」

修三が提示した見合い相手の名に、香桜里は目を瞠（みは）った。

千場グループは、ネット通販大手の、急成長を遂げている企業である。香桜里自身も利用したことがあり、その名はよく知っていた。

「見合い相手に興味はない。俺はただ、結果を出すだけだ」

祐輔と修三の間に、見えない火花が散っている。香桜里は背中に汗が滲むのを感じながら、不安をかき消すように彼の手を握り返した。

冠城家に婚約の報告に行った翌日。香桜里は花屋で店番をしながら、昨日のことを思い返してため息をついた。

（まさかお父様が、祐輔さんの解任まで考えていたなんて）

しかも祐輔の相手として選んだのは、有名企業の社長の娘だった。彼に聞いたところ、自社でも通販を運営しているが、同業他社に後れを取っていたという。そこで修三は通販事業の強化のために、今回の見合いを考えたようだ。

マンションに戻ってから事情を語った祐輔は、面倒そうにため息をついた。

「ちなみに、父が三年前おまえに言っていた婚約者というのは、当時勝手にセッティングされた見合い相手のことだ。そのときは、業界最大手の流通業を営んでいる会長の孫娘と言っていたな」

三年前も冠城ホールディングスの利になる相手と婚約させられそうになったが、祐輔は祖父と交渉して猶予（ゆうよ）を得た。その間、香桜里もつい先ごろ知った新商品の開発でヒットを飛ばし、社長に就任してからも着々とその地位を盤石にしている。

しかし、それでも彼の父は満足していない。だから祐輔は、香桜里と一緒に行った『赤座』と契約をするために奔走（ほんそう）しているのだ。

「でも、親族会議までに結果を残すのは難しいんじゃ」

香桜里は懸念を示し、柳眉を寄せる。

親族会議については、マンションに帰る間の車中で説明をされた。年に二度ほど、冠城の本家や分家の者が一堂に会する懇親会で、主に冠城ホールディングスの要職に就いている者が集まるそうだ。

「取締役会だろうと親族会議だろうと関係ない。それに、ちょうどいい機会だ。親族の前で結婚を宣言してやる」

祐輔の態度からは、不安は微塵も感じられなかった。

彼がどれだけ大きな重圧と戦っているのかを、本当の意味で理解はできない。だからこそ、祐輔がなんの憂いもなく仕事に邁進できるように支えていきたいと思う。

（祐輔さんは、お祖父様や両親の前で、自分の立場はわかってるって言ってた。わたしのことだけじゃなく、会社のことだって考えてる。だからわたしも、絶対に逃げない）

香桜里が自分に言い聞かせるように、心の中で呟いたときである。

「すみません。お花をいただきたいのですけれど」

「はい、いらっしゃいませ……！」

店のドアが開き、現実に引き戻された香桜里は、反射的に声を上げた。だが、客の姿を見て動きが止まる。

（えっ!?　どうしてあの方がここに……？）

店内に入ってきたのは、昨日冠城家で会ったばかりの祐輔の母・静子だったのである。

動揺を隠せずにいると、にこやかに微笑まれる。

「驚かせちゃってごめんなさいね。昨日はあなたとゆっくりお話しできなかったから、つい押しかけてしまったの。お花も買わせていただくから、お客さんとしてちょっとお話ししても構わない？」

「は、はい。それは大丈夫です」

今、店長は休憩に入っており、店員は香桜里ひとりだ。静子が客として来店したのであれば、対応するのは当たり前である。

（でも、昨日の今日で来るってことは……やっぱり、結婚には反対なのかな）

静子は結婚に賛成していると聞いていたが、それは冠城家に行く前の話だ。さすがに、祐輔の社長解任にまで話が及べば、考えも変わるのではないか。

香桜里が緊張していると、静子は「そう身構えないでちょうだい」と朗らかに笑う。

「今日はあなたに謝りたかったの。三年前、主人があなたに失礼なことをしていたなんて、わたしは知らなかったから。それと、昨日はせっかく来てくれたのになんのおもてなしもできなかったわ。親子喧嘩に巻き込んでしまってごめんなさいね」

「いえ……お母様に謝っていただくことでは……」

まさか謝罪されるとは思わずに、香桜里は恐縮して頭を下げた。

「祐輔さんを解任するという話は、わたしと結婚しようとしなければ出ませんでした。親子喧嘩のひと言では済まされません。それに、三年前のことはもう……気にしていません。祐輔さんにも謝っていただいたので」

「だけど、あなたは主人のせいで内定していた会社への就職もできなかったんでしょう？それに、主人が叔母様を盾にして脅さなければ、あなたたちは結婚していたはずよ。今ごろは子どものひとりもいたかもしれないわ」

申し訳なさそうに眉尻を下げる静子に、香桜里は首を振る。

「確かに、きっかけはお父様とお会いしたことです。でも……三年前、わたしは自信がなかったんです。祐輔さんは冠城ホールディングスの御曹司で、わたしは釣り合いが取れていないって。どうしてここまで愛してくれるのか今でも不思議です。それでも、祐輔さんのことが諦められない。たくさんの愛情をくれるあの人が、大好きなんです」

ぽつぽつと語った香桜里は、我に返って頬を染める。

（祐輔さんのお母様に話すようなことじゃない……！）

「すみません……！　あの、そういうわけで気にしていませんから」

「ふふっ、いいのよ。少しは緊張を解いてくれたってことよね。嬉しいわ」

静子は微笑ましそうに言いながら、ケースの中にある薔薇（ばら）に目を向けた。

「あなたは、〝祐輔がどうして自分を愛してくれるのか〟が不思議だって言うけれど、別にいいのではないかしら」

「えっ……」

「女の子は理由を欲しがるわよね。でもね、人を好きになるのなんてそんなに大仰な理由じゃないとわたしは思うわ。だって、この薔薇を綺麗だって思うのに理由なんていらないでしょう？　料理だってそう。いちいち自分が好きな味を理屈づけて説明なんてしないわ。後からいろいろと理屈をつけることはできるけれど、結局は好きか嫌いかなんて感覚的なものでしかないのよ」

「感覚……」

それは、香桜里にはない発想だった。思いがけない言葉に圧倒されていると、静子がさらに続ける。

「対人関係は特に〝好き〟になる理由をつけたがるのよね。でも、結局は納得したいだけ。こんなにたくさんの理由があるから好きになりました、って。けれど、理由なんてなくたって人を好きになっていいし、他人に想われて引け目に感じることはないわ。難しく考えるのはおやめなさい。頭でっかちでいると、大切なことを見失ってしまうわよ」

母が生きていたら、こんなふうに励ましてくれたのかもしれない。そんなことを思っていると、上品に微笑んだ静子は香桜里に視線を合わせた。

「わたしは結婚に賛成しているの。祐輔は、あなたを三年間諦めなかった。それに、少し話しただけでわたしもあなたを気に入ったわ。少なくとも、息子を大事に想ってくれていると伝わってきたから」

「あ……ありがとうございます……」

彼の母から直接結婚の賛同を得られたのは嬉しい。それに、祐輔への想いを認めてもらえたことも。

はにかんで礼を言うと、静子は「赤い薔薇を二十本くださる？」と笑った。

「夫もわたしも好きな花だから、部屋によく飾っているの」とも。慌ててケースの中から一本一本選んで取り出しながら、香桜里は「素敵ですね」と声をかけた。

薔薇は、本数によって花言葉の意味合いが変わる。二十本の薔薇が意味するのは、『わたしのひとひらの愛』――静子が、夫を愛している証とも言える。

花を包んでいる間、店の外を眺めていた彼女は、香桜里の言葉を聞いて笑みを深めた。

「主人とわたしは政略結婚だったの。だから主人は、息子も会社のためにそうするべきだと思っているわ。悪い人ではないのだけれど、ちょっと不器用なのよね」

冠城家のひとり娘の静子は、勧められるまま、修三とお見合い結婚をした。お互いに家のための結婚だったが、それでも愛は育まれていたという。

「主人は、わたしよりもずっと〝冠城家〟を繁栄させようと必死なの。あの人に余計な重荷を背負わせているせいで、あなたにも迷惑をかけてしまったわ」

「いえ、そんな……」

香桜里は恐縮しつつも、静子の愛情を感じて胸が温かくなる。夫を語る彼女の声は穏やかで、政略結婚でも互いに想い合っていることが伝わってくる。

「夫も祐輔も頑固だから、いっつも言い争って。似たもの親子なのよ」

「そう……なんですか？」

薔薇をラッピングしながら問いかけると、静子が頷く。

「あなたのことがなくても、昨日の調子で言い合っているわ。だから、あなたのせいで諍（いさか）っているわけではないから安心してちょうだい」

（あ……）

さり気ない静子の気遣いを感じた香桜里は、やはり彼の母親だと思った。祐輔と修三の対立は、結婚話のせいではないと言ってくれているのだ。

「お気遣いありがとうございます……お母様。でも、わたしのせいで祐輔さんとお父様が険悪になるのは嫌なので、認めていただけるようにふたりで頑張ります」

礼を告げた香桜里がラッピングした花束を手渡すと、会計を済ませた静子が少し驚いたように目を見開く。

「あなたみたいな子、とても好きだわ。わたしも、できる限り夫の気持ちが和らぐように働きかけてみましょう」

「それはありがたいお話ですが……よろしいのですか？　わたしたちに肩入れしては、お母様とお父様の間が気まずくなってしまうのでは」

懸念を口にした香桜里に、静子がゆるりと首を振る。

「大丈夫よ。これでも夫との絆はあるの。その程度で気まずくなったりはしないから。だからあなたは、祐輔を諦めないでいてくれると嬉しいわ」

「もちろんです。あの、今日お母様がいらしたことを祐輔さんに話してもよろしいでしょうか？　嬉しいお言葉をいただいたことを伝えたいんです」

「ええ、それは構わないけれど……もっといい方法があるわ。ちょっと、お店の外まで出てくれるかしら」

静子に言われた香桜里は、すぐにレジから出てドアを開けた。花束を抱えた彼女は微笑むと、道路の向かい側に停まっている軽自動車を指さす。

「あの車に向かって手を振ってもらえる？」

「は、はい」

言われるままに手を振ると、静子は満足そうな顔を見せた。

「ありがとう。お店に入る前に、見知った顔があったからご挨拶をしたかったの。これで、祐輔にも伝わるはずよ」

「えっ……」

「詳しくは、大泉が知っているのではないかしら。気になるなら迎えに来たときにでも聞いてみるといいわ。……それじゃあ香桜里さん、また会いましょう」

謎の言葉を残し、静子は颯爽(さっそう)と近くに停めていた黒塗りの車に乗った。

（大泉さんが迎えに来てくれているのを知っているなんて、さすが祐輔さんのお母様だ）

静子の情報網に驚きつつ、香桜里は車が見えなくなるまでお辞儀をするのだった。

＊

同日の夜。祐輔がマンションに着いたのは、午後十時半を過ぎていた。

通常であれば、少しでも早く香桜里の顔を見るために急いで部屋に向かう。だが、今日はやや足の進みが鈍い。彼女への愛が少なくなったわけではない。とあることが原因で、香桜里の顔を見るのが怖かったのだ。

（まさか、あの人が香桜里に会いにいくとは……）

静子が香桜里に会いに花屋に赴いたことは、大泉からの報告で知った。

彼女をマンションまで送り届けたことを毎日報告してくる忠実な秘書は、『本日、社長のお母様が来店されたそうです』とメールを送ってきた。それだけでも驚くが、さらに祐輔が頭を抱えそうになったのは、最後に知らされた事実である。

『岡野さんに、社長がボディーガードをつけて動画を撮影させていたことをお伝えしました』と明かされた。動揺した祐輔は、すかさず『なぜだ』と返信したが、静子経由でボディーガードの存在を知った香桜里から尋ねられたと返事があった。

（……また〝重い〟と言われそうだな。いや、それだけならともかく、動画の撮影をやめろと言われかねない。それは困る）

祐輔にとって、香桜里の動画は疲れたときの癒しになっている。それが禁止となると、モチベーションに影響するのである。

ちなみに今日の分の動画には、カメラに向かって手を振る香桜里と静子の姿が映っていた。祐輔の友人が経営する警備会社の人間は、冠城家の主催するパーティーにも派遣されることがある。静子は見覚えのある顔を見つけ、あえて香桜里と一緒の姿を見せたのだ。

しかも母の食えないところは、花屋に入る前にボディーガードと接触していたことだ。

彼女は、「うちの子の婚約者を守ってくれてありがとう」と、警備会社の人間に声をかけたという。そこで、静子が事情を知っているのだと思ったボディーガードは、動画を撮影していることを明かし、「不審者は今日も現れていません」などと語ったそうである。

（冠城の名は伊達ではないということだな）

静子は常に笑みを絶やさず人畜無害に見えるが、冠城本家の人間とあって見た目よりもずっと強かである。香桜里に害をなす人間でないことが救いだが、ボディーガードの存在を明かされたのは非常に困る。

(あの人は、わかっていてやったんだろうな)

ため息をついた祐輔は、玄関のドアを解錠すると、その足でリビングへ向かった。

いつも香桜里は、帰宅が遅くなっても待っていてくれる。祐輔を待っている間は、好きな本を読んだり、フラワー装飾技能士の資格試験のために勉強をしていた。帰宅すると、「おかえり」と迎えられるのが、堪らなく幸福だった。

(でも今日は、叱責を覚悟しておかないといけないか)

覚悟を決めると、リビングのドアを開けて「ただいま」と声をかける。ソファに座っていた香桜里は振り返り、笑顔で「おかえりなさい」と言ってくれた。

(怒っていない……のか?)

恐る恐るソファに座ると、香桜里はどことなく嬉しそうに祐輔を見た。

「今日、お母様がお店に来てくださったんです。昨日の件や三年前のことを謝罪されたんですけど、恐縮してしまって。それに、やさしい言葉をかけてくださいました。素敵なお母様ですね」

「……ありがとう。母も喜ぶ。だが、仕事中にすまなかったな」

「ちょうどお店にお客さんもいませんでしたし、大丈夫です」

どうやら香桜里は、静子に好感を抱いたようである。結婚すれば嫌でも付き合わなければならないから、母親と関係が良好なのは喜ばしい。

（この様子だと……ボディーガードの件は問題ないのか？）

気を抜いた祐輔が、ブリーフケースの中からあるものを取り出そうとしたときである。

「でも、わたしにボディーガードをつけていたなんてちっとも気づきませんでした。しかも、動画まで撮影させていたそうですね。大泉さんから説明されて驚きました」

香桜里の言葉に、祐輔の動きが止まった。恐る恐る彼女に目を向けたものの、感情が読み取れない。なぜなら、彼女は無表情だったのである。

（怒っているわけではなさそうだ。いや……呆れているのか？）

冠城ホールディングスの会長である父や、経済界の重鎮と相対しても臆することはない祐輔だが、恋人にだけはめっぽう弱かった。

ようやく心を通じ合わせて結婚の承諾を得たというのに、ここで愛想を尽かされたら最悪だ。香桜里に嫌われたら生きていけないと本気で思っている。

「……黙っていたのは悪かった。おまえに父が接触しないように、念には念を入れていたんだ。結婚の件が落ち着くまでは、ボディーガードはそのまま配置しておくつもりだ」

「わたしのことを心配してくれていたのはわかってます。でも、動画は完全に祐輔さんの趣味が入ってるって聞きましたよ」

「いや、それは……」

「ボディーガードもやり過ぎだとは思いますが、まだ理解できます。でも、わざわざ動画を撮影する必要はありませんよね」

香桜里の指摘を聞いた祐輔は、反論できずにうなだれる。確かに動画に関しては、警備上絶対に必要があるわけではない。完全に個人的な趣味だ。だが、三年間会えなかったのだから、この程度の楽しみは見逃してもらいたい。

そう考えて、自嘲する。これでは、〝重い〟というよりは、変質者のようだ。観念すると、素直に白状した。

「おまえの働いている姿を見たかった。ちょっとした笑顔や接客している様子を見て、毎日安心していたし癒されていた」

窺うように香桜里を見る。むろん動画よりも本人がそばにいてくれるほうが重要だ。彼女にやめろと言われたら撮影は即刻やめる。……かなり惜しいが、それで嫌われては元も子もない。

「香桜里が嫌なら撮影はしない。ただ、落ち着くまではボディーガードは外せない。俺の知らないところでおまえが父に脅されたり、何かつらい目に遭うかもしれないと思うと仕事に集中できない」

自分でも少々情けないと思いつつ告げると、香桜里は苦笑した。

「祐輔さんは……過保護、ですよね」

「おまえにだけな」

「動画を見てニヤニヤしていたって、大泉さんに聞きましたけど」

「休憩中だから問題ないだろう」

「そんなに心配してくれるのに、花屋を辞めろとは言わないんですね」

「当たり前だ」

即答した祐輔は、香桜里を見つめた。花屋は、離れていた三年の間に香桜里が見つけた居場所だ。資格を取るために努力し、アレンジメントの練習をしていたのも知っている。

「俺は、もう二度と冠城家のことでおまえから何かを奪うようなことはしたくない」

それは、祐輔の決意であり、愛情の示し方である。ただ、撮影——いや、盗撮というべき今回の件は、事情があるとはいっても褒められる行為ではない。正直、自分でもやり過ぎなのはわかっている。

祐輔の話を聞いた香桜里は、困ったように眉尻を下げた。「嫌というわけではないです」と言って言葉を繋げる。

「ただ、驚いたし、わたしにそこまで手間とお金をかけて欲しくはありません。落ち着いたらボディーガードは外してくださいね。送り迎えだって申し訳なく思ってるんですから」

「……それじゃあ、ボディーガードがいる間は撮影も許可してくれるか？」

「今さらなのでもういいです。仕事に集中できないなんて言われたら、許すしかないじゃありませんか」

香桜里の声は怒っていなかった。〝しかたないな〟という響きが含まれている。彼女の態度に、祐輔は言い知れぬ安堵を覚えて脱力する。

三年前に〝重い〟と言われたことが根底にあり、どこか不安がつきまとっていた。香桜里がプロポーズを受けてくれても、一緒に住んでいても、いつか彼女は離れていくのではないかと自信が持てずにいた。

けれど、彼女は再会してからずっと、祐輔を許してくれていた。強引にキスをしようとも、マンションに連れて来ようとも、泊まってくれと頼んだときも。それでも不安だというのは、あまりにも情けない。

「俺を甘やかすと付け上がるぞ？　いや、付け込んでもっと要求が大きくなるかもしれない。いいのか、それでも」

「本当に嫌なときはちゃんと伝えます。でもこれだけは言わせてください。わたしは……たぶんあなたが考えているよりも、ずっと祐輔さんのことが好きです。だから、あなたがわたしを好きでいてくれることがとても嬉しいんです」

頬を染めて告白をされ、祐輔は思わず自分の髪をぐしゃぐしゃとかき混ぜる。

（香桜里が可愛い。全力で俺を殺しにくる……これ以上夢中にさせてどうするつもりだ！）

気持ちを伝えてくれることに浮かれてしまい、このままだと何をするかわからない。気を抜くと、今すぐ寝室に連れ込んで抱き潰してしまいそうだ。冷静になれと頭の中で念じながら、深呼吸して視線を下げる。

（とりあえず、今はこっちが先だ）

衝動を抑えた祐輔は、先ほど取り出そうとしていた品をブリーフケースから出した。

「香桜里の告白への礼になるかはわからないが、これを飲んでくれるか」

「これは……？」

「今日完成したばかりの新商品の試作品だ」

祐輔は、パッケージングされていない瓶を香桜里に差し出した。ここ数カ月、商品開発部と試行錯誤を重ねた甘味飲料である。

先に香桜里と訪れたホテル『赤座』と契約するために、祐輔は新商品を核にプレゼンしようと考えていた。けれども、ただの新商品だけでは訴求力が弱い。何か大きな引きがなければ、『赤座』には食い込めない。

そこで、ホテルで冠城の商品を提供してもらえるよう交渉するのではなく、最初から『赤座』専用の商品にすることを思いついた。それは、香桜里と会話をしていたときに閃いたことだ。〝付加価値〟を新商品につけることを中心に、プレゼンの方向性を見出したのである。

「これは、〝ホテル限定〟商品だ。『赤座』のみに商品を卸すことで、ホテルに行けばこの商品が手に入るという〝付加価値〟をつける」

「ホテルのためだけの新商品なんて……贅沢ですね」

「ああ。うちでは初めての試みだ」

もともと今回の商品は来春の発売に向けて開発されていたもので、祐輔も携わっていた。しかし、『赤座』との交渉の切り札として方向転換を図るよう命じたのである。難色を示していた営業部と商品開発部を説き伏せ、ようやく試作品が完成したところだった。

「すでに流通して、どこでも手に入る商品じゃ目玉にならない。営業からは先行販売じゃ駄目なのかと散々言われたが、祖父の代から営業をかけても契約できなかったんだ。これくらい思いきらないと、相手の予想を上回れないからな」

交渉の場で、ホテル限定商品を開発すると言っても遅い。冠城が本気で契約を取りにきているのだと相手に知らしめるためにも、どうしても新商品を限定にする必要があった。

「わたしがいただいてもいいんですか……？」

祐輔の説明を聞いた香桜里は、かなり驚いているようだった。今自分が手にしているのが、新商品の試作品、しかも自分たちの行く末に関わるものだとは思わなかったのだろう。

「おまえに飲んでもらいたくて社長権限で持ってきた。感想が聞きたいんだ」

「……わかりました。いただきます」

香桜里は真剣な顔で頷くと、瓶の蓋を開けた。

この新商品は、以前開発した缶コーヒーと同じように、彼女のことを考えて作った。

祐輔の行動原理は至ってシンプルだ。〝香桜里に喜んでもらいたい〟——たったひとりを笑顔にできなければ、大勢の人々を喜ばせる商品を提供できるはずがない。そう持論を掲げ、仕事に打ち込んできた。

どんな反応も見逃すまいと、瓶に口をつける香桜里を見つめる。すると、ひと口飲んだ彼女の表情が、ふわりと柔らかく変化した。

「美味しい……なんだか、懐かしい味がしますね」

「そうか。今回の商品は、女性や子どもをターゲットにしている。美味いと言ってもらってホッとした」

彼女の反応に満足した祐輔は、小さく息をついた。香桜里が喜んでくれたことで、何もかもが上手くいくような心持ちになっている。

「じつは、試作品ができてすぐに『赤座』との交渉の日を決めた」

「いつ……なんですか?」

「親族会議の当日だ」

祐輔の言葉に、香桜里が息を吞む。

「それじゃあ、祐輔さんは会議には……」

「交渉が終わりしだい駆けつける。時間的には、ギリギリのタイミングになるだろう」

親族会議と『赤座』との交渉が同日になるとは、なんとも言えない因果を感じる。

見事に契約を勝ち取ればその場で香桜里との結婚を宣言するつもりだが、交渉が決裂すれば修三の用意した見合いをしなければならない。

（そんなことになってたまるか。必ず成功させてみせる）

内心でやる気を漲らせると、香桜里を見据えた。

「おまえに頼みがある。親族会議に一緒に行ってくれないか？」

「えっ……」

「必ず契約を成立させる。だから、当日は先に実家へ行って俺を待っていて欲しい」

祐輔は自分が真剣だと目で訴えて、彼女の返答を待つ。

冠城の親族会議は、グループ会社の重役が集う。互いに抱えている案件の話もするが、結婚の報告についてもこの場で行う。母の静子も親族会議において、修三との見合い結婚の報告をしたと聞いている。本家の人間にとっては無視できない場だ。

「親族会議で、『赤座』との契約を勝ち取ったと報告し、おまえとの結婚を宣言したい」

香桜里は祐輔の言葉を聞き、迷うように目を伏せた。

親族会議など重荷でしかないに違いない。冠城の家で育った祐輔とて面倒に思うくらいだから、香桜里が厄介に思うのも当然といえる。

それでも、祐輔は彼女にも会議に出て欲しかった。契約を締結したうえで、堂々と親族らに彼女を紹介し、結婚を認めさせたかった。

三年前にできなかったことを実現するために、祐輔は香桜里に乞う。

「俺と結婚するということは、冠城家がついて回る。おまえには負担をかけないつもりだが、親族とまったく関わらないわけにはいかない。顔を合わせるなら早いほうがいい。ただ、これは俺の都合だ。会議に行くかどうかはおまえの判断に任せる」

冠城ホールディングスの社長などではなく、ごく普通の家柄の男であれば、よけいな重圧を与えずに済んだ。三年前に別れたときも家が原因だっただけに、どうしても負い目はある。それでも、彼女を手離す選択は祐輔にはない。

しばらく考え込んでいた香桜里は、やがて決然と顔を上げた。

「わかりました。親族会議、出席させてください」

「……本当にいいのか？　父をはじめ、偏屈で頑固なオヤジたちもいるぞ」

「構いません。これは、わたしの覚悟です」

端的な言葉にすべてを悟った祐輔は、「わかった」と口角を上げる。

香桜里は、祐輔と結婚するのだと意志を表すために、親族会議への参加を決めたのだ。冠城家に対してだけではなく、祐輔自身にもはっきりと覚悟を示した。何があろうと、もう姿を消すような真似はしない、と。

何よりも心強い後押しを受けたことで、憂いが払拭される。

（あとは、契約を成立させるだけだ。爺さんや親父が成し得なかった契約をまとめれば、

今度こそ文句はないだろう）

祐輔は心に決意を刻み、ホテルとの交渉日に思いを馳せた。

＊

冠城家の親族会議の当日。仕事を終えた香桜里は、いつものように大泉の運転する車に乗っていた。もちろん行き先はマンションではない。親族会議が開かれる冠城邸——祐輔の実家である。

「すみません、大泉さん。わざわざ祐輔さんの実家まで連れて行っていただいて」

「冠城から命じられていますのでお気遣いなく。冠城が家に着くのは、午後六時半になりそうです。『赤座』との交渉が難航しなければ、ですが」

「そうですか……」

現在の時刻は午後五時半。まだ交渉のテーブルに着いている最中かもしれない。

香桜里は先に冠城家に赴き、別室で待たせてもらうことになっていた。祐輔が事前に静子に話を通してくれたのだ。

（必ず祐輔さんは、契約をまとめてきてくれる。信じて待っていよう）

彼が来るまで冠城家にひとりでいるのは緊張するが、弱音を吐いてはいられない。祐輔は今、祖父や父が成し得なかった契約を結ぶために戦っている。自分にできるのは、彼を信じて待つことだけだ。

今日、香桜里は、親族会に出席するために着替えを持って出勤した。仕事中はいつもと同じようにデニムだったが、帰るときに持参した服に着替えている。白地にブルーのドットが入ったワンピースで、ウエストマークにリボンがある。左手の薬指には婚約指輪を嵌め、化粧も通常より念入りに施した。

（今のわたしができることはそう多くない。でも、祐輔さんの婚約者として堂々としていよう。あの人は、そう望んでいるだろうから）

薬指の指輪に触れ、ぎゅっと目を閉じる。そうしてしばらく身じろぎせずに車に揺られていると、やがて冠城邸に到着した。

門前には、静子が出迎えに来てくれていた。車を降りた香桜里が一礼すると、笑みを湛えた彼女がそっと腕に触れてくる。

「よくいらしてくれたわね、香桜里さん。もう皆集まっているわ。祐輔から連絡があって、あなたに別室で待っていてもらうように言われているの。あの子が来たら一緒に会議に来るといいわ」

「……ありがとうございます。お手数をおかけして申し訳ありません」

「いいのよ。ああ、大泉、あなたはどうするの？」

運転席から出てきた大泉に、静子が話しかける。彼は軽く頭を下げると、「社長をお迎えに上がります」と答え、腕時計に目を落とした。

「一度連絡をいただけるはずだったのですが、社長からはまだ連絡がありません。ひょっとすると交渉が難航しているのかもしれませんね」

「そう……では、香桜里さんのことは任せなさいと伝えてくれるかしら」

「承知いたしました」

大泉は恭しく頭（こうべ）を垂れると、ふたたび車に乗り込んだ。すぐに来た道を戻っていく車を見送ると、少しだけ心細くなってくる。祐輔からの連絡がまだないと言う秘書の言葉が気がかりだったのだ。

すると、懸念を察知したように、静子にやさしく促された。

「では、行きましょうか」

「はい」

大きく息を吐き出した香桜里は、静子に続いて冠城邸に足を踏み入れた。

祐輔と一緒に来たときもたいそう緊張したが、今はまた別の緊張感がある。彼が『赤座』との契約を取れるか否かに、ふたりの未来がかかっているからだ。

もちろん、祐輔が無事に契約を結び、この場に駆けつけてくれると信じている。しかし、それでも不安はある。

（大丈夫。わたしが信じなくてどうするの）

心の中で自分を叱咤して、静子の先導で人目を避けるように廊下を進む。「夫や親族に見つかると厄介だから」という静子の配慮だ。階段を上がって二階までくると、とある部屋に通された。

「ここは、祐輔の部屋よ。三年前に家を出たけれど、当時のままにしてあるの。祐輔が来るまでここで過ごすといいわ」

「ありがとうございます……」

（ここが、祐輔さんの……なんだか、らしい部屋だな）

彼の部屋は、モノトーンでシックな印象だった。しかし、さすがというべきか、部屋の半分が本で埋め尽くされている。マンションにもかなりの蔵書があるが、この部屋は同じくらいの量がある。

つい見入っていると、「本ばかりで床が抜けそうよね」と静子が苦笑する。

「せっかくだし、アルバムでも見ているといいわ。……ああ、これね」

静子は言うが早いか、書棚の中から一冊のアルバムを取り出し、香桜里に差し出した。勝手に見ていいものかと躊躇ったが、「今お茶を持ってくるわね」と部屋を出てしまったため、ひとりその場に立ち尽くす。

（……そう言えば、アルバムって見たことなかったな）

学生時代に付き合っていたときは自宅を行き来していなかったから、アルバムを見るのは初めてだ。自分の知らない彼の姿を見たいという気持ちに抗えず、香桜里はその場でアルバムを開く。

（やっぱり、いつも人に囲まれているな）

収められている写真は、主に高校から大学にかけてのものだった。今よりも少し幼いが、彼は高校生のときから見目がよく、修学旅行や学園祭などでは男女問わず多くの人と笑顔で写っている。

自分の知らなかった彼の姿を見られたのが嬉しくて、笑みを浮かべながらページを捲る。すると、よく知った面々が写っている写真があった。文芸サークルのメンバーだ。

香桜里が入学する前の写真も多く、興味深く見ていると、入部してからのものが出てきた。読書会と称して皆でキャンプに行ったときの写真だ。

まだ付き合う前に祐輔に誘われて、思いきって参加した。最初は行くつもりはなかったけれど、「絶対にいい思い出になるから」と、やたら熱心に説き伏せられたのである。

祐輔のペースに巻き込まれた形だが、おかげでとても楽しかった。ひとりでは体験できなかった世界を見せてくれた彼には、感謝している。皆で撮った集合写真は、大事な宝物のひとつだ。

（キャンプの写真、意外とたくさんあったんだな）

アルバムには見たことのない写真が多々あった。新鮮な気分で捲っていたが、最後のページを見て目を丸くする。

（これ……全部、わたしの写真だ）

いつの間に撮っていたのか、香桜里がほかのメンバーと話しているところや、食事をしているときなどの何気ないシーンが写っていた。カメラ目線ではなかったため、祐輔がこっそりと写したのだろう。

（このときには、もう好きでいてくれたってことだよね……）

香桜里自身も彼に好感を抱いていたが、まだ明確な恋心ではなかった。自分が意識する前から祐輔が想ってくれていたことを知り、面映ゆさを覚える。

（それに、この写真……）

ほかのメンバーが写したと思しき写真に祐輔が写っていたが、カメラに顔を向けていなかった。彼の視線の先には香桜里がいて、どこか嬉しそうに微笑んでいる。写真の中の祐輔は、香桜里が好きだと表情で語っていた。

こんな写真を見たら、彼に会いたくて堪らなくなってくる。

（祐輔さんみたいな人と、この先一生出会えない）

アルバムを閉じて書棚に戻し、薬指の指輪を見つめる。

三年の時を経て、祐輔の想いと共にふたたび手元に戻ってきた。絶対に彼を手離してはいけない。たとえ契約の結果がどうであろうと、祐輔のそばから離れない。

香桜里が強く心に誓ったときである。

「香桜里さん！」

静子が焦ったように、部屋の中に入ってきた。

「お母様、どうなさったんですか？」

「主人が、香桜里さんが来ていることに気づいたようで……会議に出ろと言っているの。わたしは、祐輔が来るまで待つように言ったのだけれど、ほかの出席者の方々も祐輔の恋人に会いたいと希望しているわ」

（わたしが、ひとりで親族会議に……？）

予定では祐輔の到着を待ち、一緒に会議に乗り込むつもりだった。祖父と交わした約束を果たし、結婚を許してもらうためだ。

それが、まだ結果も出ていないままひとりで会議に呼ばれるとは思わなかった。修三はふたりの結婚を認めていない。にもかかわらず会議に呼ばれるということは、何かしら思惑があると見ていい。

すぐに返事ができず黙考していると、静子が気遣わしげに香桜里を見る。

「あなたは断っても構わないのよ。けれど、どちらにしても主人が呼んでいることは話しておくべきだと思ったの」

静子は、香桜里の意思を尊重しようとしてくれている。それは彼女のやさしさだ。まだそれほど多くの会話を交わしていないが、息子の恋人として認めてくれている。祐輔が香桜里を大切にしているのだと知っているからだ。

（わたしにできることは限られてる。だけど……ここで逃げるわけにはいかない）

「……お父様がお呼びなら、会議に出席させていただきます。祐輔さんが来てくれるまでの間、わたしの気持ちを皆さんにお伝えしたいです」

香桜里は覚悟を決めると、静子にはっきりと告げた。おそらく会議の場では、やり玉に挙げられるかもしれない。それでも、今自分にできることに向き合おうと思った。

それに、ここで出席を断れば親族の印象も悪くなる。それだけではなく、香桜里を選んだ祐輔の選択も疑問視されかねない。ただでさえ修三に結婚を反対されているのだ。せめて親族には悪印象を与えたくはない。

香桜里の決意を聞いた静子は、ふっとやさしげに笑みを零した。

「あなたなら出席すると言うのではないかと、なんとなく思っていたの。ごめんなさいね、主人の我儘に付き合わせることになって」

「いいえ。知らせてくださってありがとうございます」

頷いた静子は、香桜里を促して会議の行われている大広間へ向かった。

この前、祐輔と一緒に来たときに通されたのはリビングだが、それとは別にパーティーや会議で使用される部屋があるという。外観からも広さは窺えたが、冠城邸は想像以上に部屋数があるようだ。

一階に下りて廊下を進んでいくと、静子が重厚なドアの前で立ち止まった。一度香桜里を見て微笑み、ドアを大きく開く。

「あなた、香桜里さんをお連れしましたよ」

部屋の中に入ると、その場の視線が集中した。一瞬怯みかけた香桜里だが、それでも毅然と一同を見渡す。

部屋の中には長テーブルがあり、入り口から一番遠い席に祐太郎が座していた。そのとなりには修三、こちらに向かって伸びているテーブルの二辺には、それぞれ五名ずつが座っている。いずれも、五十代から六十代の男性ばかりだった。

「皆さん、こちらが岡野香桜里さん。祐輔のお付き合いしているお嬢さんよ。わたしは彼女を気に入っているの。あまり虐めないであげてね」

重苦しい雰囲気を和らげるように静子が言う。紹介された香桜里は、その場で深々と頭を下げた。

「はじめまして、岡野香桜里と申します」

声が上擦りそうになりつつも挨拶をすると、修三の威圧的な声が聞こえてくる。

「皆さん、彼女は祐輔が結婚したいと言って連れてきたのですよ。でも、なんら後ろ盾のない女性を冠城家の嫁に迎えるなど私は認めるわけにはいかない。冠城ホールディングスのさらなる発展のためにも、先にご説明したように、千場グループのお嬢さんと見合いをしたほうがいい。そうは思いませんか」

修三の声に、その場にいた半分ほどの親族が同意を示す。あとの半分は、「祐輔くんは今、『赤座』との契約をまとめているんでしょう？」と、首をかしげた。

「先ほど翁は、『祐輔が契約をまとめれば好きにさせる』とおっしゃっていましたよ。まだ結果が出ないうちから、早計ではありませんか？」

どうやら香桜里が来る前に、祐太郎から祐輔の今日の行動について説明があったようだ。

この場にいる全員が、事情を心得ている。だから修三は、香桜里が冠城家を訪れていることを知り、親族の前に引きずり出した。祐輔の相手にはふさわしくないと、皆の前で知らしめるために。

「お義父さんや私でも契約には至らなかった『赤座』です。経営者としてまだ未熟な祐輔が契約できるはずはないでしょう！」

修三の怒声に、周囲がしんと静まり返った。冠城ホールディングス会長としての矜持を感じさせる発言に気圧されたのか、歴々が黙り込む。すると、修三がさらに言い募る。

「祐輔は、私に反抗したいだけです。今後のためにも千場グループとの連携は必要不可欠だ。あいつは冠城家の長男として生まれた以上、その責務を果たさなければならない」

一度言葉を切った修三が、香桜里に目を向けた。心臓が縮み上がりそうなほどの威圧感に身が竦む。三年前もそうだった。震えそうになる手を握り締めていると、修三が嫌気を隠さず続ける。

「お嬢さんも、本当はわかっているだろう。祐輔は、一時の感情で結婚を決める立場にない。冠城ホールディングスのトップなんだ。あいつがあなたに執着しているのはよくわかった。だから、あなたから身を引いてくれ。それが一番丸く収まる方法だ」

一同の目が集まり、緊迫感で足が震える。今の香桜里は招かれざる客だ。この場に呼ばれたときからわかっていたが、それでもこうして責められると怖い。

「慰謝料が必要なら言い値で払おう。祐輔の今後と我々のために別れてくれ」

一時の熱情に浮かされたふたりは、立場も考えず暴走しているに過ぎないと――どうせホテルとの契約を結ぶことなどできないと修三は考えている。

（でも……）

香桜里は指輪に触れると、修三の視線を受け止めた。

「……一時の熱情ではありません」

「なに？」

「祐輔さんは、離れている三年間わたしを想ってくれていました。わたしも、ずっと忘れたことはありません」

ただ熱に浮かされているだけなら、まだ楽だった。やむにやまれず別れを告げたが、それでも彼を想っていた。恋をもう二度としないと、祐輔以外に好きになる男性はいないと、誇張ではなく本気で考えていた。

この三年間誰にも心を揺らされることがなかったのは祐輔も同じだ。香桜里を諦めず、叔母に毎日手紙を送り続け、再会を果たしたあとは父に認めてもらうため大きな契約をまとめようと努力している。

お互いに忘れたくても忘れられず、恋情を募らせていた。再会してからも、修三の圧力を恐れた香桜里は素直になれず、彼を拒み続けてきた。

(だけどもう、祐輔さんを傷つけるようなことはしたくない)

時に重すぎると感じるような愛情をくれる彼が、愛しくて堪らない。

「わたしは、祐輔さんが好きです。彼や会社の助けになるような後ろ盾はありませんが、それでもあの人と一緒にいたいんです。お願いします、祐輔さんが契約を取ってきた暁には、どうかわたしたちのことを認めてください……！」

必死で訴えた香桜里は、腰を折って頭を下げた。自分が持っているのは、彼を好きだという気持ちだけだ。もう二度と、自分の心に嘘をついて祐輔を傷つけたくない。その一心で、この場にいる皆に理解を乞う。

香桜里が顔を上げると、しばしその場に静寂が訪れる。誰もがなんと声をかけていいのか考えあぐねているようだった。祐輔の祖父の祐太郎は眉間に皺を寄せて目を瞑り、その他の人々は翁の様子を窺っている。

しかしその中で、修三だけは断固とした態度で首を左右に振った。

「……祐輔は、まだこの場に現れない。おおかた交渉が難航しているのだろう。あれだけ大口を叩いておきながら、契約を取れなかったとあっては顔も出せまい。所詮無理だったのだよ。祐輔とお嬢さんが結婚するのは」

「そんなことは……」

反論しようとして、ちらりと修三の背後にある壁かけ時計に目を向けると、あと少しで午後七時を回るところだった。大泉の話では六時半には着くということだったが、まだ到着していない。

「さあ、もう話は済みました。それでは皆様、そろそろ散会にしましょうか」

「待ってください！　必ず祐輔さんは契約をまとめてきてくれます。どうかもう少しお待ちいただけませんか？」

いくら香桜里が訴えたところで、修三は端から祐輔を信じていなかった。

「もう諦めなさい、お嬢さん。充分、夢は見られただろう」

修三が憐れむように言った、そのときだった。

「諦めさせてたまるか！」

部屋にひと際凛々しい声が響き渡ったと同時に、肩が引き寄せられた。よく知ったぬくもりに抱かれ、香桜里は安堵の吐息とともに彼の名を呼ぶ。

「祐輔さん……」

「遅れて悪かった。それに、ひとりでこの場に出席させたことも」

「いいえ。わたしが望んだことです」

祐輔を見上げると、よほど急いで駆けつけたのか、額には汗が滲んでいた。彼は香桜里に微笑みかけてから部屋を見渡し、よく通る声でこの場の全員に告げる。

「遅くなって申し訳ありません。今さっき、『赤座』との交渉が終わりましたのでご報告させてください」

「……ふん、逃げなかったことは褒めてやろう。だが、契約できなければおまえは見合いをするんだ。——これを見ろ」

修三は、テーブルの上に高級感溢れる台紙を置いた。白の表紙に金の箔押しがされているそれは、ひと目で見合い写真だとわかる。

写真を用意していたということは、やはり契約が取れると思っていなかったのだ。それを口惜しく思っていると、祐輔は安心させるように香桜里の肩を強く抱く。

「その見合い写真は、必要ありません。こちらをご覧ください」

持っていたA４サイズの茶封筒を掲げた祐輔は、中身を取り出すと修三に歩み寄った。

祖父と父に見えるように、数枚の書類をテーブルに置く。

「つい先ほど、我が社と『赤座』の契約が正式に結ばれました。新商品を『赤座』系列ホテル限定で販売します」

「な……」

予想していなかったのか、修三の顔が驚愕に歪む。祐輔はこの場にいる親族を見渡すと、高らかに宣言した。

「俺は、祖父と父と約束をしました。ここにいる香桜里と結婚するために、『赤座』と契約を結んでみせる、と。今、この場にいる皆さんが証人です。俺は、千場グループと姻戚関係にならなくても、自分の力で冠城ホールディングスを成長させてみせる。皆さんには、どうか俺を支えていただきたい」

彼の堂々たる振る舞いに、その場にいる親族は皆見入っている。

(祐輔さんは、約束を果たしたんだ……)

祐太郎や修三すら成し得なかった契約を結んでみせた。それは、祐輔の実力を示すには充分な成果だろう。香桜里が心の中で感激していると、

「祐輔くん……いや、冠城社長。契約おめでとうございます。我々は、言われるまでもなくあなたを支えていきますよ」

ひとりがそう言葉を発したのを契機に、皆から拍手が湧き起こる。

「よくやったな、祐輔。おまえが約束を果たし、今後も職務をまっとうするのであれば、儂はもう何も言うことはない。彼女としあわせになりなさい」

それまで推移を見守ってきた祐太郎が口を開くと、祐輔は笑顔で頷いた。

「ありがとうございます。結果を残せたのは、香桜里と結婚したかったのもありますが、約束を絶対に果たすという強い気持ちを持っていたからです。俺を成長させてくれて感謝しています」

祐輔が祖父に向かって頭を下げる。和やかな空気が流れ、社にとって大きな契約を取れた喜びで場が満たされた。そのときだった。

「……どこまでも、おまえは私の思い通りに動かないのだな」

修三の低い声が、緩みかけたその場の空気を引き裂いた。

「おまえは、私よりもお義父さんに懐いていた。……昔からそうだ。何かにつけて、爺ちゃん爺ちゃんと言って、私のことなど眼中になかっただろう。所詮、私は婿養子で冠城の血は流れていないからな」

「あなた……！　何をおっしゃっているの？」

驚いたように声をかけた静子に構わず、修三は祐輔を睨めつける。

「約束だから、千場グループの娘との見合いは断ろう。お嬢さんと結婚するなら勝手にするがいい。だが、私は今後いっさいおまえに手を貸すことはない」

（そんな……！）

思わず声を上げかけた香桜里だが、それよりも前に修三が立ち上がった。そして誰にも目もくれずに部屋を出て行ってしまう。

誰もが引き止めることを忘れて呆然としていると、祐輔が冷静な声で告げた。

「皆さん、お見苦しいところをお見せして申し訳ありません。父も今は興奮していますが、時間を置けば冷静になるでしょう。……今日のところは、『赤座』との契約締結の報告で会議を締めさせていただきたい」

謝罪して頭を下げた祐輔に、一同は「気にしていないから頭を上げてくれ」「それよりも契約おめでとう」と、それぞれに声をかけている。

冠城ホールディングスのトップである祐輔が頭を下げたことで、修三の非礼は問題にされなかった。安堵すると共に彼の堂々とした振る舞いに一瞬見入った香桜里だが、やはり出て行ったままの修三が気になってしまう。

（お父様にはやっぱり、認めてもらえなかった）

祐輔は最高の結果を残したというのに、父子の仲は決裂してしまった。結婚を認められて喜ぶべきなのに、なんとも言えない後味の悪さが残る。自分が修三から嫌われるのはしかたがないが、祐輔とは仲違いして欲しくない。

（……わたしは、なんの役にも立っていない）

所在なく部屋の隅で佇み、罪悪感で目を伏せる。すると、静子が申し訳なさそうに近寄ってきた。

「ごめんなさいね、香桜里さん。主人も意地になっているみたいで……」

「……いえ。お気遣いありがとうございます。ですが、お父様をおひとりにしていいのでしょうか。様子を見に行かれたほうが」

「今行っても、意固地になって話そうとしないでしょう。時間を置いて見に行くから、あなたは心配しなくていいのよ。父も親族も認めてくれたのだから、あなたは祐輔と結婚できるわ。今は、それだけを喜びなさい」

静子の言葉に曖昧に頷くが、同意はできなかった。

修三は三年前に叔母を盾にして香桜里を脅した張本人で、正直、まだ苦手意識がある。先ほども、祐輔が契約を結んだことを喜ぶのではなく、自分の思い通りにならなかった憤りをぶつけていたのが悲しかった。

それでも、父子の間が険悪なまま結婚できるかといえば複雑な心境は否めない。そこまで感情を切り替えられるような器用さはなかった。

「香桜里、ゆっくり話したい。とりあえずマンションに帰ろう」

「……わかりました」

本当なら笑顔で祐輔と帰るはずだったが、修三の発言が心に引っ掛かり、香桜里は表情を曇らせていた。

冠城邸を辞してふたりでマンションに戻ると、祐輔はくたびれたようにリビングのソファに座った。何か飲むかと尋ねたが、彼は大丈夫だと言って断り、ネクタイを緩めて息を吐き出す。

「今日は嫌な思いをさせて悪かった。本来は、おまえが会議に出席する必要はないんだ。それなのにわざわざ呼びつけた挙句、あんな当てつけがましい発言をするとは」

「わたしは大丈夫です。それよりも、お父様のことが気がかりです。……わたしたちの結婚にもともと反対されていましたけど、それよりも祐輔さんが言うことを聞かないことを怒っているように感じました」

会議の席での修三の発言を思い出す。契約締結という大きな仕事を果たした祐輔を労うどころか、絶縁とも取れるようなことを言っていた。

香桜里の言葉に、祐輔はため息を零し、「その通りだ」と肩を竦めた。

「あの人は、婿養子だから冠城ホールディングスの業績が下がった、と言われたくない。その一心で今日まで来た人だ。母と結婚した当初は、親族の目も厳しかったと聞く。だから俺個人のしあわせなんてどうでもよくて、会社の利益を上げるために躍起になっている。

会社のことしか頭にない人だ」

　祐輔の口から、初めて家族のことを聞いた気がして、香桜里は聞き逃さないように耳を傾ける。

　三年前のこともあり、彼は父に対してわだかまりがあるようだ。けれど、花屋で静子から聞いた『修三も祐輔も頑固』『いつも言い争っている似たもの親子』という言葉から、行き違っているだけではないかと思う。彼らは、〝会社のため〟という共通した意識をもって行動をしているからだ。

「俺たちの結婚は、祖父も母も親族も認めてくれている。約束を果たした以上、誰に憚(はばか)ることなく結婚できる。そもそも俺は、あの人がおまえにした仕打ちだって許していない」

　祐輔は、修三を無視して結婚の準備を進めるつもりのようだった。

　しかし香桜里は、やはり諸手(もろて)を挙げて喜ぶ気分になれない。せっかく結婚できることになったのに、親子仲に亀裂が入ったままでいいはずがない。

「わたしは……お父様にも、結婚を認めていただきたいです。祐輔さんの実家とはずっとお付き合いしていくのに、気まずいまま結婚するのは抵抗があります」

　祝福をしてくれなくてもいい。ただ、祐輔と諍って欲しくない。結婚していつか子どもが生まれたときに、実家と不仲では寂しい。香桜里の両親はすでにおらず、子どもの祖父母になるのは修三と静子だけだ。

それに、父子の不仲で静子に心配をかけるのは心苦しい。祐輔と修三の間に入って心を痛めるのは、間違いなく彼女だろう。

やさしい言葉をかけてくれた静子の顔を思い浮かべながら、香桜里は彼に考えを伝える。

「……自分たちだけよければそれでいいって思えないんです。三年間離ればなれになって、また祐輔さんがプロポーズしてくれて……その間に、あなたもわたしも成長したはずです。三年前はお父様に逆らえませんでしたが、今は違います。お父様がわたしたちの結婚を無視するというなら、否が応でも認めていただきませんか？」

「おまえは……面白いことを言うな」

それまで難しい顔をしていた祐輔は、可笑しげに笑った。

「そうだな。父に三年前の詫びをさせたいとずっと考えていた。この機会に、なんとしてでも俺たちの結婚を認めさせてやるか」

「ありがとうございます、祐輔さん」

提案を受け入れてくれた彼に感謝した香桜里は、大切なことを言っていなかったのを思い出す。バタバタして言いそびれていたが、今日祐輔は大きな仕事を果たした。それも、ふたりの結婚を認めさせるために。

「祐輔さん、契約の締結おめでとうございます」

労いの言葉をかけると、表情を和らげた彼に抱きしめられる。大好きな人のぬくもりを全身で感じながらも、今後のことを考えずにはいられない。

今のところ、修三に認めてもらいたいという気持ちだけで、父子の仲を修復する手立ては何もない。それに会議での様子を見ると、頑なな修三の気持ちを溶かすのは難しそうだ。

しかし香桜里は、修三に認めてもらってこそ、離れていた三年間が無駄ではなかったと思えるような気がしていた。

6章　誰よりも何よりも愛してる

冠城家の親族会議の翌週。それまで難攻不落だった『赤座』との契約をまとめた祐輔は、引き続きこの案件で自ら陣頭指揮を執っていた。そのため、一段落とはいかずまだ多忙だったが、一時よりは落ち着いている。

今日はふたたび『赤座』の本社に出向き、商品のパッケージングをはじめ、細かな打ち合わせを行った。

（仕事は問題ない。あとは、親父のことだけだな）

自社に戻る車中で考えていると、運転手を務めている大泉に声をかけられる。

「社長、先週の親族会議の首尾はいかがだったのでしょうか」

「そういえば、おまえにはまだ言っていなかったか。おかげで首尾は上々だった。だが、父の態度が頑なでな。俺たちが結婚しようとしまいと関係ないというスタンスだ」

修三は、冠城ホールディングスの要職に就く者が一堂に会する席で、『今後いっさいおまえに手を貸すことはない』と宣言している。父の手を借りずとも、社の経営も結婚もなんら問題はない。おそらく、修三はそういう祐輔の考えも気に入らないのだ。大人げない態度だと思うが、しかたがないと諦めもあった。

祐輔と修三は、親子なだけあって似ている部分もある。互いに社のことを思っているのは違いない。ただ、ベクトルが違うのだ。

「では、まだご結婚はされないのですか？」

大泉の問いに、祐輔が「そうだな」と肯定を示す。

「香桜里が、父にも結婚を認めさせたいと言ってくれてな。俺も彼女の考えに賛成した。だから今は、認めさせるための算段をしている最中だ」

「会長も頑固な方ですからね。……ですが、意外です。社長のことですし、『赤座』との契約を取ってすぐにでも、岡野さんと入籍されると思っていました」

これまでの祐輔の行動を熟知している大泉は、なぜ強引に事を運ばないのかと不思議そうだった。

確かに、彼女の叔母に三年間手紙を出し続けようやく許しを得て、香桜里の居場所を突き止めた。再会してからは半ば強引に同棲するよう話を進め、仕事の送迎やボディーガードをつけるほど囲い込んでいた。

ようやく修三が納得するだろう成果を挙げ、祐太郎との約束も果たした。彼女との仲を邪魔するものは何もなく、入籍と結婚式のタイミングだけを考えていればいいはずだった。

けれども祐輔は、香桜里の意思を尊重した。彼女の言うことも理解できるからだ。

「香桜里は、いずれ生まれる子どものためにも、実家との仲は良好にすべきだと言っていた。それで俺も、父にも認めさせようと思ったんだ」

大泉に説明しながら、香桜里の顔を思い浮かべる。

彼女の両親はすでに亡くなっており、唯一近しい親族は叔母の千春だけだ。どれだけ望んでも二度と父母と会えない香桜里からすれば、結婚しようとしている男が家族と不仲なのは心が痛むだろう。

自分は両親も祖父もいる。父とはぎくしゃくしているが、不自由なく育てられ、今では冠城ホールディングスの社長の座に収まっている。父母や祖父には感謝しているし、恵まれているという自覚はある。

「香桜里が言ってくれなければ、父を無視して結婚準備を進めていたところだ。だが、彼女のためにも、もう一度父と向き合ってみようと思っている。それに……もう強引に事を進めなくても、香桜里は俺から離れない」

祐輔の宣言に、大泉が苦笑を漏らす。

「自信を持たれたようで何よりです。でしたら、ボディーガードも外しますか？」

「それとこれとは別だ」

きっぱり言いきって携帯を取り出した祐輔は、これまで撮りためていた動画を流して笑みを浮かべる。

　ふだん知ることのできない仕事中の香桜里の姿は、何度見ても飽きない。彼女の笑顔を見ているだけで、顔がにやけてしまうほどだ。

「社長の変質者的な趣味は、治りそうもないですね」

「とりあえず他人に迷惑をかけていないからいいだろう。香桜里にも許しを得ているし、今の俺に死角はない」

　悪びれもせずに答える祐輔に、大泉は生温かい目を向ける。何を言っても無駄だと悟ったのか、「話を戻しますが」と続ける。

「岡野さんは、三年前に会長に脅されているのですよね。いい印象はないはずですが、それでも会長に向き合おうとするなんて驚きました。芯の強い方ですね」

「そうだな。そういう香桜里に俺は惚れている」

　彼女は、自分の周囲の人間を大事にする。祐輔や叔母、そして自分の勤める花屋を大切にし、傷つけないように腐心している。それは言動からも明らかだ。

　だからこそ、彼女は修三を放っておけないのだろう。祐輔と結婚しようとしている今、冠城家の人間も香桜里の家族となる。父の気持ちにも最大限配慮しようとしているのだ。

「父を説得して、なんの憂いもなく結婚してみせる」

「方法はあるのですか？」

大泉の問いに、祐輔は顎を引く。

勝算がなく見栄を切る真似はしない。祖父と父が成し得なかった『赤座』との契約で、経営者として彼らよりも優れていると内外に示した。あとは、政略による事業拡大をせずとも社が安泰だと証明すればいいだけだ。

「俺は、俺にできる方法で父に認めさせる。――そこで、なるべく早くアポを取りたい企業があるんだが」

「どちらですか？」

「千場グループだ。社長に至急会いたい」

祐輔の発言に、大泉は目を丸くした。

＊

その日、仕事を終えた香桜里は、いつものように大泉の運転する車に乗っていた。しかし行き先は、マンションではない。祐輔の実家である。

静子に、夕食に招待されたのだ。祐太郎と修三は会合でいないため、「女同士で話しましょう」と誘われたのである。

大泉をすっかり足代わりにしていることが申し訳なかったが、「構いませんよ」と笑って引き受けてくれている。「冠城と結婚したら、いちいち恐縮せずに人を使うことも覚えてくださいね」とアドバイスされ、肩を縮こまらせることになった。

（祐輔さんと結婚したら、か……その前に、まずお父様に認めてもらわないと）

気合いを入れて冠城邸を訪れると、静子がにこやかに出迎えてくれた。

「いらっしゃい、香桜里さん。来てくれて嬉しいわ」

「お招きくださりありがとうございます。あの、これ……お店でアレンジしてもらったお花です。薔薇がお好きだと伺っていたので、よろしければどうぞ」

香桜里は花屋の店長に頼み、アレンジメントしてもらった薔薇の花を手土産にした。本当は自分でアレンジできればよかったが、まだ勉強中の身であることを伝えると、静子は嬉しそうに花を受け取る。

「ありがとう。やっぱり女の子はいいわね。主人も祐輔も、お花なんてくれないもの」

彼女はそう言うと、香桜里をダイニングへと誘った。冠城家には今日で三度目の訪問になるが、ダイニングに入るのは初めてである。やはり中はかなり広い。天井にはシャンデリアが輝き、アンティーク調のテーブルや椅子が煌（きら）めいていた。

「わたしね、女の子が欲しかったのよ。だからこうして祐輔の奥さんになる人と仲良くできて嬉しいわ」

「光栄です。……お父様はその後、いかがお過ごしでしょうか」

席に着くと、家政婦が食事を運んでくる。まるでレストランのようだ。個人宅で当たり前のように給仕をされることに戸惑いつつ問いかけると、静子が運ばれてきた炭酸水に口をつけて苦笑する。

「相変わらずよ。祐輔のことは息子とは思わない、って。あのあと、父もわたしも窘めたのだけれど、いろいろ拗らせてしまっているのよね。この家に婿養子に来たことが重荷だったのでしょうけど……困った人よね、本当に。あなたたちは主人のことは気にしないで、自分たちのしあわせを第一に考えなさい」

静子は少し寂しそうに微笑んだ。祐輔と香桜里のことを慮ったありがたい言葉だ。けれども香桜里は、今日彼女に相談をするためにここへ来た。やさしさに甘えて現状に目を背けるのではなく、状況を好転させたい一心で、祐輔と共に動くことを決めたのだ。

「……お母様にご相談があります」

「あら、何かしら？」

「祐輔さんとも話し合ったのですが、お父様にも結婚を認めていただきたいと思っています。ですから、お父様とお会いする機会を作っていただけないでしょうか」

香桜里がそう切り出すと、静子は意外なことを言われたというように目を瞬かせる。

「主人はあの通り頑固な人よ。会えばあなたに心無い言葉を投げかけるかもしれないわ。あの人に認めてもらわなくても、父もわたしも結婚を認めているのに……どうして？」

「……わだかまりを残したくないんです」

三年前、叔母を盾にされたとはいえ、祐輔と別れるように言われて従ってしまった。そのことで自分自身だけではなく、彼も傷つけてしまった。

過去ふたりの前に立ちはだかった修三と向き合い、改めて結婚を認めてもらうことで、ようやく三年前の呪縛から抜け出せる。過去は言いなりになるしかできなかったが、今は祐輔も香桜里も成長している。だからこその判断だ。

「祐輔さんも、賛成してくれました。どうやったらお父様に認めてもらえるかは、まだわかりませんが……このままお互いを無視して結婚するよりも、何か行動したいんです」

ただの自己満足かもしれない。それでも、もう後悔はしたくない。その思いで静子に頼み込むと、彼女は上品に微笑んだ。

「祐輔もあなたも若いわね。わざわざ苦労しようとするなんて。……でも、嫌いじゃないわ、そういう考え方。主人と祐輔の溝を埋めようとしてくれてありがとう」

思いがけず礼を告げられた香桜里は、恐縮して首を振る。

「そんな……お礼を言っていただけるような立派な考えではありません」

「あら、謙遜(けんそん)しなくてもいいのよ。あなたはやさしい女性だとわたしは思うわ。それに、意思も強い。今回は、あなたが祐輔を説き伏せてくれたのでしょう？」

静子は、祐輔が率先して修三との関係を改善しようとしないはずだと言った。三年前に無理やり引き離されたことを根に持ち、それ以降は距離を置いてしまったのだ、と。

「主人はもともと、冠城家のためにと祐輔を厳しく躾けていたの。あの子も学生時代は反発して、生活が乱れたこともあったわ。でも、ちょうどあなたとお付き合いしたころ……祐輔は明らかに変わったのよ。不思議に思って聞いたら、あの子は言ったの。『地に足をつけて歩んでいる香桜里にふさわしい男になる』って」

「祐輔さんが、そんなことを……」

初めて聞いた話に、香桜里は驚きを隠せない。いつも人々の中心にいて、誰もが羨む容姿と立場を持つ彼も、人知れず悩んでいたのだ。

（地に足をつけて歩んでいる……わたしのことをそんなふうに見ていてくれたんだ）

祐輔にふさわしくないと悩んでいたのは香桜里のほうだ。それなのに、『ふさわしい男になりたい』と、言ってくれる。

「……わたしこそ、祐輔さんにふさわしい女性になりたいです」

時を経て彼の母から届けられた言葉に心が震える。祐輔の想いに恥じない自分でいたいと、今は前向きに思える。

「教えてくださってありがとうございます」

「こちらこそ、あの子にしあわせをくれてありがとう。あなたがいたから、祐輔は今、仕事に打ち込めているのよ」

母親の顔で微笑んだ静子は、香桜里に告げた。

「主人のスケジュールを確認してから連絡するわ。ふたりのこと、よろしくね」

「ありがとうございます……！」

願いが聞き届けられたことに安堵して、笑顔で答えた香桜里だった。


その後マンションに戻った香桜里は、今か今かと祐輔の帰りを待ち詫びていた。静子の承諾を得たことを伝えるためと、過去の彼の想いを知って感激したからである。

（早く会いたい。会って、祐輔さんに抱きつきたい）

リビングのソファでそわそわしながら時計を見ると、あと十分ほどで午後十時になるところだった。そろそろ彼が帰宅する時間だ。待ちきれなくなって、玄関へ向かったときである。ドアが解錠され、祐輔が入ってきた。

「おかえりなさい……！」

「ただいま……どうしたんだ？　こんなに遅くに、どこかへ出かけるつもりだったのか？」

靴を脱いだ祐輔が、驚いたように問いかけてくる。香桜里は首を左右に振ると、彼の胸に飛び込んだ。

「お母様にお会いして……お父様にお会いする機会を作ってもらえることになりました」

「そうか。母は俺たちに好意的だから大丈夫だとは思っていた。でも、どうしたんだ？香桜里から抱きついてくるなんて。そんなに母が協力してくれるのが嬉しいのか？」

香桜里を抱き留めた祐輔が、不思議そうに言う。それも無理はない。ふたりが触れ合うときはいつも彼からで、香桜里が積極的になったことはない。

（こういうところでも、不安にさせたんだろうな）

同棲を始めた当初、帰宅して顔を合わせると、彼はどこかホッとしていた。三年前の出来事で不安になっていたのもあるだろうが、気持ちの表し方が足りなかったのも原因だったのかもしれない。

香桜里は、「協力してもらえたのも嬉しいですが」と、彼を見上げる。

「お母様に、祐輔さんが以前言っていた言葉を教えてもらったのが嬉しくて」

「俺の？」

「昔、生活が荒れていたことがあったんですね。知らなかったです」

祐輔は、「またあの人は余計なことを」と顔をしかめ、バツが悪そうに目を伏せる。

「……若気の至りというか、そういうことも確かにあった。父に反発していたのと、冠城家の跡取りという立場が重荷だったんだ。格好悪いからおまえには知られたくなかった」

「ですが、わたしと付き合うようになって変わったって、お母様は言ってくれました。祐輔さんは、『地に足をつけて歩んでいる香桜里にふさわしい男になる』と言っていたって。

わたし、そんなふうに言ってもらえる立派な人間じゃないですけど、祐輔さんの気持ちに恥じないような行動をしたいです」

　喜びに胸を震わせながら、想いを口にする。

　彼を変えられたなんて自惚れはないし、変化があったとすれば自分のほうだ。不器用で他人と関わるのが不得意だった香桜里の世界を広げてくれたのは祐輔だ。彼と出会わなければサークルに入ることもなかったし、大学の思い出は寂しいものだっただろう。

「まったく……あの人はおしゃべりだな。よりにもよって本人に言うなんて恥ずかしいだろ。それも、俺にとっては黒歴史だ」

「でも、わたしは嬉しかったです。教えてくれたお母様には感謝しています」

　笑顔で答えた瞬間、祐輔は突然香桜里の唇を奪った。背中と腰を強く抱かれ、唇を押し付けられる。驚いたものの、抵抗せずにキスを受け止めた。香桜里自身も、それを望んでいたからだ。

「んっ、ぅ……」

　口腔に挿し入れられた舌の感触に身震いする。もう幾度となくキスを交わしているのに、何度しても慣れることはない。ぬるぬると粘膜を這いまわる感触に、いつも翻弄されてしまう。祐輔の口づけは、それだけ淫らで甘いのだ。

（大好き……祐輔さん）

香桜里は想いをこめて、彼の背にしがみつく。

どうしようもなく溢れる愛しさのままに、互いに夢中で唇を貪った。唾液を交換し、ぬるぬると舌同士を擦り合わせる。そうしているうちに、身体が火照りを帯びてくる。

祐輔は香桜里の下唇を軽く食み、名残惜しそうに口づけを解いた。額を合わせると、熱を孕んだ吐息をついて目を伏せる。

「可愛い顔をされたら我慢できなくなるだろう。俺は香桜里の笑顔に弱いんだ」

「いつも我慢しないくせに……」

「一応最近は、これでも自制しているつもりなんだ。おまえに触れると、際限なく抱いてしまうからな」

ぐいっ、と腰をすり寄せられた香桜里は、身を震わせる。スーツの下で、彼は沸々と欲望を滾らせていた。擦りつけられたそこは、布越しでもわかるほど張り詰めている。

思わず息を詰めると、祐輔はぐいぐいと腰を寄せながら呟きを漏らす。

「俺は香桜里にしか欲情しないからな。キスだけでスイッチが入る。本当は、このまま寝室に連れ込みたいところだが……」

「あっ、明日も仕事ですから」

「知っている。だから、我慢する。その代わりに、休みの前の日は覚悟しておけよ」

告げられた内容と、不敵に笑う祐輔に見惚れて頬を染める。彼は香桜里の笑顔に弱いと言うが、香桜里は祐輔の自信たっぷりの表情に弱いのだ。

（って、これじゃあただのバカップルみたい）

気恥ずかしい思いに駆られたとき、祐輔のポケットから携帯の振動音が聞こえてきた。

抱きしめていた腕を離して携帯を確認した祐輔は、ふっと口角を上げた。

「父に結婚を認めさせる算段がついたぞ」

「えっ……」

「今、大泉から連絡が入った。二日後にビジネスランチのアポが取れた、となる。急なことだったからアポが取れるか心配だったが、さすが大泉だ」

どうやら彼は、結婚を認めさせるための手段を考えたようである。

ふたりで話し合い、修三ともう一度向き合うことを決めてから、まだほんの数日しか経っていない。それなのに、もう具体的に動き出していることを頼もしく感じた。

（祐輔さんなら、『赤座』と契約を結んだときみたいに、今回の話も上手くいく）

どんな方法を用いるのかを知らないが、彼は今まできちんと結果を残している。手がけた商品をヒットさせ、これまで取り引きのなかったホテルと契約を結んだ。何より祐輔は、三年かけて香桜里との再会を果たしたのだ。すべては、彼の強い意志と実行力がなければ成し得なかった。

「もしもこれで認めてもらえなくても、また新しい手段を考える。向こうが音を上げるくらいにとことん向き合ってやる。おまえがそばにいてくれるから、そう思えるんだ」

祐輔に告げられた香桜里は、互いに強くなったことを感じて嬉しくなった。

今ならもう何も怖くない。彼との絆は揺るぎないとそう思える。

「……わたしは、祐輔さんみたいに実力で認めてもらうことは無理です。だから、お父様と誠心誠意お話しします。できることは多くありませんけど、あなたにだけ頼りきりではいられませんから」

「まあ、俺としてはもっと頼ってくれても構わないけどな。けど、そうやって前向きに俺と結婚しようと努力してくれる香桜里も好きだからしかたない」

誰しもが虜（とりこ）になるような魅力的な顔で告げられて、胸をときめかせる香桜里だった。


二週間後の朝。いつもよりも早く目覚めた香桜里は、彼と共に朝食を済ませると、そうそうに出かける準備を始めた。といっても出勤の準備ではなく、修三と会うためだ。

今日は畏（かしこ）まった場に行くわけではないが、だからといって気を抜いた装いはできない。ネイビーのフレアスカートにホワイトの小花柄のトップスを合わせ、自室の鏡の前で気合いを入れる。すると、部屋のドアがノックされた。

「もう準備できたのか。早いな」

「ちょっと、緊張してしまって」

彼はまだネクタイを締めておらず、手に持っていた。歩み寄った香桜里は、ネクタイを見てドキリとする。

「これって……」

「以前クリスマスに、就職祝いでおまえからもらったネクタイだ。ここぞという商談や会議のときは、このネクタイを締めて臨んでいた」

何気なく告げられた事実に、胸がじんとする。まだ学生でさほど高価な品を贈れるわけではなかったが、祐輔に似合うデザインと色を懸命に探した。香桜里にとっても思い出深いネクタイだ。

（大事にしていてくれたんだ）

当時、バイト代をはたいて買ったとはいえ、彼が身に着ける品にしては安物の部類だ。祐輔は冠城ホールディングスの社長にふさわしく、スーツや時計、靴に至るまで、身の回りの品は高級だ。むろんネクタイは言うに及ばず、かなりの本数を所有している。にもかかわらずかつてのプレゼントを大切に扱ってくれていた彼の気持ちに、喜びが膨れ上がる。なんとも言いがたい感動でネクタイを見ていると、祐輔がふっと笑った。

「香桜里、俺のネクタイを結んでくれないか？」

「えっ……」

「じつはこのネクタイをもらったときから、いつかおまえにネクタイを結んでもらうのが夢だった」

一緒に住み始めてからも機会を窺っていたが、出勤前は何かと忙しないため、頼むタイミングが摑めなかったという。

「このネクタイを締めて臨んだ交渉で、失敗だったことは一度もない。俺にとっては験担ぎになっているんだ」

「……不意打ちで嬉しいことを言うなんて、祐輔さんはずるいです」

祐輔の夢は、ほかの人が聞けば笑ってしまうほど本当に些細なことだ。けれど、本人は至って本気だから、胸がときめいて止まらなくなる。彼の夢を叶えるのは自分だけ。日常の会話からこういった自信を与えてくれる人だから好きになったのだ。

「意外なことで喜ぶんだな、おまえは」

「当たり前ですよ。……もっと早く言ってくれれば、ちゃんと練習したのに」

彼がこのネクタイを持ち出したのは、修三に結婚を認めてもらうという確固たる意志の表れだ。それがわかるだけに、身の引き締まる思いがする。

「そう構えることでもない。今日は、いいきっかけだと思っただけだ。駄目か？」

「祐輔さんの夢を聞いて、断れるはずないじゃありませんか。でも、結び方がわからないので教えてくださいね」

「了解」

承諾を得た祐輔は口角を上げると、ネクタイを首にかけた。彼の前に立った香桜里がドキドキしながら腕を伸ばすと、説明を加えてくれる。

「太いほうを長めにして、細いほうにクロスさせるんだ。そのまま一周半させてから、ループに通す」

「わ、わかりました」

ネクタイを結ぶのは初めての経験だ。彼の視線を感じながら、慣れない手つきで言われた通りにしていく。少し時間はかかったものの、なんとか無事に結び終えた。

「どう、ですか?」

「上出来だ。というか、最高の気分だ」

言葉に違わず喜色を浮かべた祐輔を見てホッとする。

意外と難しかったが、なぜだか満足感があった。いつか、自分が結んだネクタイを締めて仕事に向かう祐輔を見送れたら——そんな想像をして、言葉にできない幸福な気持ちになった。

「よし、そろそろ行くか」

静かに首肯した香桜里は確信する。きっと今日は、ふたりにとって最高の記念日になるに違いない、と。

その後、ふたりは約束の時間より早めに目的地に到着した。

とある喫茶店でふたり並んで座ると、修三の来店を待つ。朝の祐輔とのやり取りで緊張は薄らいでいたが、それでもこの場に来ると複雑な想いが去来する。

(ここに来たのは、三年ぶりだな……)

この店は、三年前に修三と会った喫茶店だった。

ここで香桜里は祐輔を諦める決断をした。そうせざるを得なかった。だから、もう一度この場で始めようと思ったのだ。別れを選ぶのではなく、今度こそ彼と結婚するために。

「父は本当に来ると思うか？」

「……はい。お母様が連れてくると言ってくださったので」

静子から連絡があったのは、昨日のことだ。そのときに、「必ず連れていくから安心しなさい」と言ってくれている。彼女の言葉には、人を信じさせる力強さがあった。祐輔にも通じるものがあり、さすが親子だと感心したのだった。

(もう逃げない。お父様に結婚を認めてもらうんだ)

心の中で呟いたときである。

「おまえ……こんな場所に連れてきて、何を企んでいるんだ！」

「大きな声を出さないでくださいな、恥ずかしい。素敵な喫茶店じゃありませんか」

店のドアが開き、男性の怒り声が聞こえた。

振り返ると、静子が修三を宥めながら入ってきたところだった。立ち上がった香桜里は一礼し、彼らを出迎える。

「本日は、お越しくださりありがとうございます」

「お嬢さん……祐輔も。いったいどういうことだ、静子！」

「ひとまず座ってくださいな、あなた。冠城ホールディングスの会長ともあろう人が、公共の場でマナーも守れないなんて恥ずかしいでしょう？」

怒る夫をものともせずに、静子は修三をテーブルに着かせた。

香桜里の正面には修三が、祐輔の正面には静子が座る。注文を取りに来ようとした店員を手で制した修三は、息子を睨めつけた。

「どういうつもりだ、祐輔。親族会のときに、おまえには好きにしろと言ったはずだが？」

「そうだな。俺もそのつもりだった。あなたの許しを得なくても、約束を果たした以上誰に憚ることなく香桜里と結婚できる。だが、それだけじゃ嫌だと彼女は言うんだ」

祐輔は香桜里に視線を向けると、やさしげな笑みを浮かべた。

「俺たちが結婚すれば家族になる。だからあなたにも認めてもらいたいと、香桜里はそう考えている」

「ふん、綺麗ごとだな。三年前に別れさせた私を恨んでいないはずがない。現に祐輔、おまえは私にずっと反発していたではないか。お義父さんを味方につけて、私の勧める縁談をことごとく断った。親族会で私をやり込めることができて、さぞ溜飲が下がっただろう」

やはり修三の態度は頑なだった。静子は苦笑して香桜里を見たが、会話に入るつもりはないようだ。不満はすべて吐き出させたほうがいいというスタンスである。

彼らと付き合いの長い静子の判断に従い、香桜里も推移を見守る。もちろん、いざというときにしっかり自分の考えを伝えるために、心の準備はしていた。

修三の返答を聞いた祐輔は、自嘲するように薄く笑んだ。

「……そうだな、否定はしない。理解のない父親を持って苦労したが、ようやく香桜里と結婚できる状況になった。そういう意味で俺は嬉しかったよ。……でも」

祐輔は修三に視線を合わせた。強い意志を感じさせる眼差しで、気持ちを語る。

「香桜里には、なんの憂いもなく俺と結婚してもらいたい。だから、あなたにもきっちり認めてもらいたいんだ。――頼む、親父。俺と香桜里を祝福してくれないか」

頭を下げた祐輔を見て、香桜里は目の奥が熱くなった。涙が流れそうになるのをなんとか堪えると、修三を見据える。

（こうして目を合わせるのは初めてだった気がする）

三年前この場で別れを迫られたときは、ただただ怖かった。けれど、今は違う。祐輔がとなりにいてくれる。ふたりなら、何も怖くないとそう思える。

「わたしは、なんの後ろ盾もありません。でも、祐輔さんをしあわせにできるのはわたししかいないと思っています」

「……若いな。今はいいだろう。だが、気持ちなどいつか必ず冷める。惚れた腫れたなどという浮ついた感情で結婚するよりも、利害関係で繋がったほうがよほど信用できるし有益だ。互いの利害が一致している限りは、別れることはないからな」

「それも結婚の形なのかもしれません。ですがわたしは、お父様やお母様のように、祐輔さんと愛情を育てていきたいです」

予想外の返答だったのか、修三が目を瞠る。「何を馬鹿な……」と否定されたが、静子が夫を愛していることはもうわかっている。そして修三もまた、妻を愛しているのだろう。そうじゃなければ、祐輔がこれほど愛情深いはずがない。両親の姿を見てきたから、重いほどの愛を注いでくれるのだと香桜里は思う。

「絶対に別れないなんて、口ではなんとでも言えるのでお父様は信じないでしょう。ですから、この先の時間をかけて信じていただきます」

「なに？」

修三が訝しげに目を眇める。香桜里は微笑むと、三年前は言えなかった言葉を告げた。

「祐輔さんを愛しています。もう離れたくないんです。以前よりも、今のほうがずっとその気持ちが強くなっています」

離れていた期間が、結果的にふたりの想いを強固にした。

「どうか結婚を認めてください……お願いします」

嘘偽りのない正直な思いを口にした香桜里は、持ってきた花をテーブルに置いた。自分でアレンジメントを施した品である。

三十本の薔薇を使ったアレンジメントだが、まだ練習中の身だからそう褒められた出来ではない。けれど、その分想いはこめた。

三十本の薔薇の意味は、『ご縁があると信じています』――一度は手放してしまったふたりの縁をふたたび結んでくれた祐輔に応え、冠城家と新たな縁を繋ぎたい。そう思いながらアレンジした。

となりにいる祐輔は、そっと手を握り締めてくれる。このぬくもりを二度と手放してはいけない。手放さないと、心に誓う。

「親父、俺は親族会のあとに、新たに契約を持ちかけた企業がある。この前、ようやく合意を取り付けてきた」

修三の目が祐輔に向く。彼は口角を上げると、怪訝そうにしている父に言う。

「俺の見合い相手だった千場グループとの業務提携契約だ。親父が欲しかったのは、千場独自の物流システムだろう？　今、千場グループでは輸送用ドローンの開発に力を入れている。そこで、うちの会社も開発に携わることになった」

一般的なドローンの積載量は、三〜六キロ程度と言われている。機体の大きさによっては最大積載量を増やすことも可能だが、輸送用ドローンの開発は法整備が整っていないこともあり世界の市場に後れを取っていた。

しかし千場は、先ごろの実験で、五十キロの積載量を持つ輸送用大型ドローンの飛行を成功させたという。

「今回は、単純に通販の輸送形態の確保だけに留まらず、災害発生時の物資の輸送も視野に入れている。将来的には、うちの配送センターを他社と共同で使用して輸送費のコストを削減する案もある。ひとまず次の株主総会で、千場との業務提携を発表すれば株価の上昇は間違いない」

「おまえは……お嬢さんのためにそこまでしたのか」

どこか呆れたような修三だが、同時に感嘆していた。冠城ホールディングスを担ってきた経営者として、千場グループとの提携は願ってもいないことだったのだろう。

「政略に頼らなくても、俺は大丈夫だと示したかった。香桜里のためならなんだってする。彼女は俺にとって、やる気の源だからな」

誇らしげに語った祐輔を見て、胸が熱くなる。

そこまで言ってくれる彼のために、ふさわしいと思える自分でありたい。香桜里が感動を伝えるように彼の手を握ると、それまで推移を見守っていた静子が口を開く。

「あなた、わたしからもお願いするわ。ふたりを認めてあげてちょうだい。香桜里さんは、わたしたちを尊重してくれているわ。香桜里さんといるために、祐輔はこれまで以上に仕事に励んでくれるはずよ。それで充分ではないかしら」

妻の説得に、渋面を作っていた修三がため息をついた。そして香桜里に向き直ると、バツが悪そうに言う。

「……今でも三年前に別れさせたことは、間違いだったと思っていない。……だが、きみの叔母さんのことを持ち出したのは卑怯だった。それは……謝る」

それは、修三の見せた最大限の謝罪である。頑なだった修三が歩み寄ってくれたことを感じた香桜里は、改めて背筋を伸ばした。

「結婚を、認めてくださいますか？」

「……ああ。祐輔は期待以上の結果を残した。それが、きみと一緒にいたいがためだと言うんだから、認めざるを得ないだろう」

「ありがとうございます！」

思わず声を上げると、修三が「変なお嬢さんだな」と苦笑を零す。誇らしげに「最高の女性だろう」と答えた祐輔は、アレンジメントに目を向けた。

「そのアレンジメントは、香桜里がこの三年で摑んだ夢の一端だ。三十本の薔薇の意味は、親父もわかるだろう?」

祐輔の言葉に、修三の表情がわずかに緩む。

「人の縁とは……不思議なものだな」

三十本の薔薇にこめられた意味を正しく悟り、しみじみと呟く父を前に、祐輔が笑みを見せている。

三年前から心に刺さっていた棘(とげ)がようやく抜けたような気がして、香桜里は心から安堵するのだった。


その日の夜はマンションに帰らずに、ホテルに宿泊することになった。

喫茶店を出たあと、修三夫婦と一緒にレストランで夕食をとり、その後祐輔が「ふたりきりで祝おう」と言って部屋を取ったのである。

「今日はありがとう、香桜里。おまえのおかげで父も折れたんだ」

祐輔はベッドに腰かけ、香桜里を背中から抱きしめていた。先ほどから彼は、片時も離そうとせずにずっとこの体勢でいる。うなじや首筋にキスをしながら、耳もとで感謝の言葉を口にする。

「香桜里が、父に認めてもらうと言わなければ俺も向き合おうと思わなかった。母も父の態度が軟化したことを喜んでいたし、本当に感謝しかない。あの花も、父は喜んでいた。あの通り頑固な人間だから、そうは見えなかっただろうが」

「喜んでいただけたのならよかったです。ですが、お父様が許してくださったのは、わたしよりも祐輔さんの功績だと思います。だって、お父様がお見合いさせようとしていた相手の会社と業務提携するなんて」

祖父と父が果たせなかった『赤座』との契約を結んだばかりか、千場グループとの業務提携の話をまとめてしまった。社にとって有益になる契約を立て続けにとったのだ。修三も文句のつけようがないだろう。

それだけではなく、彼は千場グループとの契約で『政略に頼らずとも、ビジネスパートナーとして関係を強化できる』と証明してみせた。これでは、どれだけ見合い相手をあてがおうと意味はない。

「祐輔さんが有言実行してみせたから、お父様も認めてくださったんです」

香桜里が手放しで褒め讃えると、祐輔が背中越しに笑った気配がした。

「ネクタイで験担ぎをした甲斐があったな。もともと、災害時にうちの商品は無償で提供してきた。だが、車だけの輸送では限界がある。通販事業の拡大と共に、企業利益だけではない地域に貢献できる事業も進めていかなければ生き残れない。……そういう意味で、千場の社長とは経営方針が同じだったから、今回の話もスムーズに進んだんだ」

ワンピースの背中についているファスナーを引き下ろしながら、祐輔が言う。香桜里はびくりと肩を震わせながら、首だけを振り向かせた。至近距離で見つめ合うと、鼓動が速くなってくる。好きだ、と、心臓が叫んでいるかのようだ。

「とはいえ、今日はさすがに疲れたな。香桜里、頑張った俺にご褒美をくれるか？」

「え……？」

「服を脱いで向かい合わせで俺の膝に座れ。そのほうが、おまえと密着できる」

祐輔は香桜里から腕を離すと、上着を脱いだ。ネクタイを首から引き抜き、ワイシャツのボタンを外していく。

あらわになった鎖骨や胸板は、見入ってしまうほど色気がある。つい凝視していると、祐輔が両腕を開く。

「早く来い。今日はもう焦らすような余裕はない」

「っ……」

微笑んで促され、香桜里の頬に朱が走る。強く求められていることを感じ、身体の奥が熱くなってくる。自分自身もまた、祐輔に抱かれたかった。

もう何も心配なく、ふたりで抱き合える。その安堵が羞恥に勝り、彼の見ている目の前で服を脱ぎ始めた。下着姿になると、熱のこもった瞳で見つめられる。

「あ、あまり……見ないでください」

「無理を言うな。俺は、隠し撮りをするくらい常におまえを見ていたいんだ。どんなおまえでも目に焼き付けておきたい。可能なら一時も離れたくない」

じっくりと視線を巡らせた祐輔は、おもむろに香桜里の手首を引いた。導かれるまま彼の膝を跨いで腰を落とすと、昂ぶりが股座(またぐら)に押し付けられる。

「あっ……」

ズボンを押し上げるほどに硬度を持った彼自身を感じて恥ずかしくなる。祐輔の首に腕を巻き付けて抱きつくと、恥部を圧迫する雄の存在をありありと感じてしまう。

「わかるか？　おまえを前にして興奮しているんだ」

「やっ……そんなに押さない、で……っ、ん！」

「好きだろう、ここを擦られるの」

ぐいぐいと腰を揺さぶられ、ショーツと擦れた肉芽が刺激を受ける。あまりにも心地よく、気を抜けば自分から腰を振ってしまいそうだ。彼のシャツを握って耐えると、背中に手を這わせた祐輔がブラのホックを指で弾いた。ストラップレスのブラだったため、少し身体をずらして素早く取り去られてしまう。

「香桜里、膝立ちになれ。胸をしゃぶりたい」

直截(ちょくせつ)的な言葉を吐かれ、体温が上がっていく。こういうときの彼はいつもよりも淫らで、否応なしに従わせる強制力がある。

　おずおずと膝立ちになって彼の両肩に手を置くと、ふくらみの先端を舌で舐め上げられた。乳頭に唾液を纏わせ、口に含んで吸引される。そうされると気持ちよく、腰が小さく震えてしまう。

「は、っ……ぁっ」

　彼の肩をぎゅっと摑み、じんじんと高まっていく疼きを堪える。ぷっくりと勃ち上がった乳首を口腔で転がされると、連動して蜜口から欲望の滴が滲んでくる。祐輔にしか許していない身体は、彼の愛撫にすぐさま反応して浅ましく発情する。

「ゆ、う……ッ、ンッ、や、ぁあっ」

　明らかに甘くなった声で彼を呼ぶ。乳房を持ち上げるように下から掬い上げた祐輔は、乳首を交互に舐めまわした。仕事の話をしているときとは違い、淫事の彼はひどくいやらしい。濡れた舌を器用に動かし、満遍なく胸の頂きに這わせている。

（すごく気持ち、いい……）

　香桜里はうっとりとした心地で祐輔の愛撫を受け入れていた。ショーツのクロッチは自覚できるほど水分を含み、ぬるぬるとしている。早く満たして欲しいと言うかのように蜜孔がひくついて、呼吸が浅くなっていく。

「あんっ……は、ぁっ……祐輔さ……」

「感じているおまえの声は、最高だな。もっと啼かせたくなる」

「んっ……」

勃起している乳首に軽く歯を立てたかと思うと、彼は尻に手を移動させた。

尻たぶを揉み込まれた香桜里は、腰を左右に揺らめかせて逃れようとする。しかし、臀部からするりとショーツを引き下ろされた。

膝までずり下ろされた布と陰部は、卑猥な蜜糸で繋がっていた。祐輔は乳房から唇を外し、愉悦混じりの眼差しを向けてくる。

「びしゃびしゃだな。おまえも興奮しているのか」

「やっ……恥ずかし……」

「俺は嬉しい。香桜里が俺に感じていると興奮する」

言葉に違わず喜色を浮かべた祐輔は、ふたたび胸のふくらみに唇を寄せた。ねっとりと乳首を這いまわる舌の感触に背をしならせると、彼の指先が尻の割れ目から陰裂へ辿りつき、蜜を纏った花弁に触れた。

「あ、あぁ……ッ」

ぬちゅり、と、粘ついた水音が鳴り響き、羞恥で全身が熱くなる。すでに身体はやわらかに拓き、いつでも彼を受け入れられる状態だ。淫孔からはとろとろと蜜汁が垂れていき、太ももを穢（けが）していた。

感じているのが恥ずかしいのに、身体はどんどん性感が高まってくる。

足を閉じることもできずに腰を左右に振れば、秘裂をくちゅくちゅとかきまわしていた指先が花芽に触れた。

「んぁっ……！」

鮮烈な快楽を覚え、香桜里が顎を撥ね上げる。愛蜜が噴き零れるのも構わずに、彼は肉粒をくりくりと指の腹で転がし始めた。愉悦の蕾が祐輔の手で花開き、強烈な疼きとなって香桜里を襲う。

「ゆう、す……け……ッ、両方は、やぁ……ンんッ！」

乳房の上で硬く尖る乳頭は唾液に塗れ、濃く色づいている。彼が蜜部で指を動かす振動だけでも快感を覚えてしまい、どこもかしこも敏感になっていた。

胎の奥が疼きを増す。中に押し入られてぐちゃぐちゃにかきまわされる悦びを知っているゆえに、体内ははしたなく焦れていた。

（欲しい……もう、我慢できない……っ）

身体が熟れて、自分の意思ではどうしようもない。ねだるように彼の頭を掻き抱いたとき、祐輔の中指が肉筒に挿入された。

「あぁっ……！」

彼の長い指で媚壁を押され、きゅっと内部が緊縮する。指だけでもひどく感じてしまい、無意識に腰を揺らめかせる。

「気持ち、い……っ、祐輔さん……好き……っ」

香桜里の言葉を聞いた彼は、少し身体を離した。上目で見つめてくる瞳は欲情に塗れ、雄の色気を放っている。ただ視線が絡んだだけなのにぞくぞくと官能が高まっていき、彼の指を締め付けた。

「熱くてもうドロドロだ。いつもよりも感じているんじゃないか？」

「アンッ、ぁ……は、ぁっ」

祐輔が蜜孔で指を行き来させるたび、ぬちぬちといやらしい音が鳴る。彼の言うように、敏感になっているのだ。祐輔の結婚相手として認められたことが嬉しくて、愛撫を施されていると身体が蕩けてしまう。

「香桜里、もう欲しいか？」

浅い場所をぐいぐい押し擦りながら問いかけられる。甘美な誘いに素直に頷くと、祐輔がふっと笑みを浮かべた。

「俺も欲しくて堪らない。もう限界だ」

彼は秘部から指を抜くと、自身の前を寛げた。ぶるんと勢いよく飛び出た肉棹は淫らに膨張し、先端から先汁を零している。

大きく張った傘と筋張った肉胴がとてつもなく淫靡で、思わず顔を背ける。すると祐輔は、中途半端に脱がせていたショーツを香桜里の足から丁寧に引き抜いた。

「びしょ濡れだ。それに、いやらしい匂いが染みついてる。もう穿けないな」

ふっと笑われて全身がカッと熱くなる。意地悪な言い方についじろりと睨むと、香桜里の腰を抱え込んだ祐輔が掠れた声で囁く。

「香桜里……今日はこのまま挿れてもいいか？　おまえを直接感じたい」

「っ……」

「駄目か？」

切っ先で肉鞘の先端を突きながら祐輔が問う。余裕めいた台詞を吐いていても、彼も切羽詰まっていた。

両家に認められている今、ふたりの間を隔てるものは何もない。それに香桜里も、彼と同じ気持ちを抱いている。

「駄目じゃ、ない……そのまま、して」

祐輔と視線を合わせ、小さく告げる。次の瞬間、祐輔に下から突き上げられた。

「あっ、ん、ぁああ……ッ！」

肉槍が一気に根本まで挿入され、香桜里は軽く達してしまった。雄茎の形を胎内で感じるほどに締め付けて、生身の彼を受け入れたのだと強く意識する。

「っ、く……はっ、ぁ」

祐輔は色気のある吐息をつくと、秀麗な顔を歪ませた。かなり感じ入っているのか、眉根を寄せて息を乱している。

「……すごいうねりだな。挿れただけで達きそうになった」

「やぁっ……」

腰を前後に揺すられた香桜里は、豊かなふくらみが押し潰れるほどに、強く彼の首に抱きついた。そうすると、彼の肌と自分の胸が擦れ、新たな快楽を生んでしまう。

しっとりと汗ばんだ肌を密着させて彼が動くと、雁首と擦れた媚肉が歓喜にわななく。腫れた肉粒が下生えと摩擦したことで蜜窟が窄まり、ふたりは互いに夢中になっていく。

「ゆう……っ、ん！　気持ち、い……」

「ああ、俺もだ。最高にいい」

彼の股座に腰を下ろしているせいで自重がかかり、より深く太棹を咥え込んでいる。小刻みに腰を揺らされると子宮口にめり込んだ肉傘がぐいぐいと奥にきて、苦しいくらいに感じてしまう。

「最高にしあわせだ。香桜里……愛してる」

「ンンッ、ふ……うっ」

祐輔に唇を奪われ、くぐもった声を漏らしながら無意識に腰を上下に振る。

口腔で濃密に舌を絡ませ合い、上も下も生身の粘膜を摩擦(まさつ)させると、彼との境界がわからなくなってくる。溶け合う感覚を知ったことで貪欲になり、必死で舌と腰を彼に擦りつけた。

「んっ、ンンッ……んぅっ、ふ……」

ぎこちない動きだったが、それでも蜜肉と肉棹を追い込むには充分だった。生身のふれ合いがもたらす喜悦で、彼の昂ぶりがどんどん膨張するのがわかる。祐輔も感じているのだ。そう思うと、なおさら胎内が窄まった。

（もっと、気持ちよくなってもらいたい……いつもわたしばっかりだから……）

淫悦に塗れた脳内で考えると、香桜里は細腰を懸命に揺り動かす。淫窟で溜まった愛液がじゅぷじゅぷと音を立て、五感のすべてが愉悦で染まっていく。

普段では考えられないほど積極的に快楽を貪り、しばらくの間拙い腰使いで彼を責めていると、突然腕を引かれた。

「あ、んっ……」

つながりを解かないまま、祐輔は身体を反転させた。香桜里を押し倒して正常位になると、激しく腰を叩きつけてくる。

「んっ、あぅっ、ああ……っ！」

体勢を変えたことで挿入の角度が変化し、おびただしい悦の塊に襲われる。

「香桜里が頑張ってくれたお返しに、今度は俺が気持ちよくさせてやる」

「やぁっ……」

先ほどまで自分のペースで緩やかに得ていた快楽が、祐輔に主導権が移ったことで強制的なものになる。限界まで自身の腰を引いた彼は、次の瞬間には最奥に雄槍を突き込んでくる。それだけでも強烈な快感なのに、彼は上下に踊る乳房の尖りを指で摘まんだ。

「はっ……あっ、ンンッ！」

硬く凝った乳首を引っ張られ、ごしごしと扱かれる。痛みを感じない絶妙な加減の刺激に身悶えれば、肉を叩く乾いた音がさらに速くなった。

奥処を加減なく抉られた香桜里は、なされるがままシーツに身体を波打たせる。

「祐輔、さん……もっ、ゆっくり……んぁっ」

「それなら、浅い場所を擦るか？」

祐輔は不敵に告げると、入り口付近を抉っていく。雄茎のくびれに媚肉が引っ掛かり、彼が腰を引くたびに香桜里の腰が跳ねた。

「だ、めっ……気持ちよ過ぎて……変になる……のぉっ」

呂律が回らないながらも訴えれば、汗を滴らせた彼が香桜里の膝の裏に腕を潜らせた。

「それじゃあこっちはどうだ？」

ふたたび最奥に熱塊がねじ込まれる。胎内をくまなく蹂躙する肉槍の脈動に媚肉は悦喜し、意思に関係なく肉壁が窄まった。

「ゆ、う……んっ、あっ！　あんっ……あぅっ」

祐輔の律動に合わせて双丘が揺れ動き、振動すら快感となって香桜里を苛む。結合部の上で剝き出しになっている花芽も同様で、肉筒から押し出された淫水を浴びて官能の塊と化していた。じくじくと熱を持ったそこへ彼が手を伸ばし、爪で弾かれる。

「あぁっ……そこ、いじられる、と……達っちゃ……ッ」

「達け、香桜里。おまえの達く顔が見たい」

言葉と共に抽挿の苛烈さが増した。胎の裏側を集中的に削られて、感じ過ぎてしまい訳がわからなくなる。

本人よりも香桜里の身体を知り尽くした男の腰使いは情け容赦なく、絶頂へと押し上げられていく。

（あっ、もう駄目……っ）

何も隔てていない雄棒は生々しく脈を打ち、媚肉をこれでもかというほど穿っている。尿意に似た強力な感覚に、香桜里のまなじりに生理的な涙が浮かぶ。

「んんっ、あっ、達く……んっ、ぁあああ……ッ！」

肉筒が緊縮し、強く彼自身を食い絞る。全身が愉悦の波に襲われて、目の前に絶頂の火花が飛び散った。

「っ、く……！」

香桜里が達したと同時、締め付けに耐えかねたように祐輔が呻く。

胎内で増大した肉槍からどくどくと最奥に白濁が注ぎ込まれる感触に、香桜里は総身を震わせた。

「愛してる、香桜里」

大量の精液を吐き出した祐輔が、ひどく幸福そうに見下ろしてくる。全身が彼で満たされる喜びで、香桜里は微笑みを浮かべた。

エピローグ

半年後。ウェディングドレスを身に纏った香桜里は、チャペルの控室で鼓動を高鳴らせていた。

（ようやくこの日を迎えたんだ）

純白のウェディングドレスはマーメイドラインで、デコルテとスカート部分の裾には細かなレースの刺繍が施されている。アップにした髪に編み込まれている生花は、勤めている花屋のものだ。ブーケは店長に教わりながら自分で作り、満足のいくデザインになった。

着替えもメイクもすべて終わり、あとは挙式を待つのみの状態になっている。

ひとりで部屋にいると、これまで祐輔と重ねてきた時間が走馬灯のように蘇る。

（いろいろ大変だったけど、すごくしあわせだな）

本当の意味で修三に結婚を認めてもらって以来、少しずつ祐輔と父の関係は修復していた。冠城家に呼ばれて皆で夕食をとることも一度や二度ではなく、回数を重ねるたびに彼らの会話は増えていた。

父子の関係回復の兆しを喜んだ静子は、香桜里のことを本当の娘のように接してくれている。結婚式の準備を始めてからは、ドレスや式場の選定にあれこれと口を出して祐輔に窘められていたが、それすらも楽しい時間だった。

叔母の千春もたいそう結婚を喜び、「これで天国の両親も安心ね」と笑っていた。

彼女も冠城家に招待され、祐輔と三人で訪れたことがある。そのとき修三は、三年前に香桜里を脅したことを謝罪している。千春は謝罪を受け入れ、「香桜里をよろしくお願いします」と祐輔の両親に頭を下げたのだった。

結婚式の準備で、この半年は目が回るような忙しさだった。

冠城ホールディングスの社長夫人となるため、仕事を辞めなければいけないと考えていたが、祐輔は「おまえの好きにしていい」と言ってくれている。

ただし、仕事中の香桜里を撮影させることが条件だ。自分がそばにいないときの姿もすべて知っておきたいと言われ、少し悩んだ。しかし、資格を取るという目標だけは達成したいと、花屋には継続して勤めている。もちろん、毎日の送迎つきだ。

修三夫婦も千春も、祐輔の行動を知って顔を引きつらせていたが、香桜里が受け入れているので、その点に関してはスルーすることに決めたらしい。

今日の挙式にはプロの撮影隊を雇い、香桜里を撮影するつもりのようである。式は会社関連の人々が多く集うのかと思ったが、「披露宴には呼んだが挙式は身内だけでやりたい」という彼の希望でそうなった。だから香桜里側の親族は叔母と花屋の店長、祐輔側は父母と祖父というシンプルな列席者の挙式である。

（きっと、わたしの親族が少ないことも考慮してくれたんだろうな）

彼のやさしさを改めて感じ、ブーケを手に感慨に耽っていると、部屋のドアがノックされ、祐輔が入ってくる。

「我慢できなくて顔を見に来た。やっぱり綺麗だな」

「祐輔さんも素敵です」

白のタキシードを身に着けた彼は、いつも以上に輝いて見える。まるで式場のパンフレットから飛び出てきたような完璧さだ。端整な顔と均整の取れた体躯と相まって、とてもよく似合っている。

（こんなに素敵な人のお嫁さんになれるんだ）

改めて幸福を噛みしめていると、祐輔がおもむろに香桜里の頬に触れた。

「あまりにも綺麗で、この場で押し倒したくなるな」

「……駄目ですからね」

昨夜は結婚式の前日だというのに、しつこいくらいに抱かれている。祐輔の体力は底なしで、香桜里は毎回意識を飛ばすほど求められているのだ。彼に言わせれば、手加減しているというのだから困りものである。

（もっと困るのは、わたしも嫌じゃないからなんだけど）

祐輔とのあれこれを思い出して赤面すると、彼に顔をのぞき込まれる。

「何を思い出して顔を赤くしているんだ？」

「な……何も思い出してません！」

「そうか？　俺は昨日香桜里が可愛く啼いていた声とか、潤んだ目で見上げてくる顔とか思い出していたけどな」

不敵に笑った祐輔は、軽く触れるだけの口づけをした。

「この続きは式が終わってからだな」

「もう……っ」

誓いのキスをする前に、先にしないで欲しい。抗議しようとした香桜里だが、祐輔のしあわせそうな顔を見たら何も言えなくなってしまう。

これからは、離れていた三年間よりもずっと長い時間を祐輔と過ごすことになる。

誰よりも何よりも愛している彼と歩んでいく未来を思い、香桜里は彼に抱きついた。

あとがき

はじめまして、もしくはお久しぶりです。御厨翠（みくりやすい）です。このたびは、『敏腕ＣＥＯの愛は重すぎる!?～逃れられないプロポーズ～』をお手に取ってくださりありがとうございます。

本作は、主人公たちが再会するところから始まります。ヒーローは、三年前に気持ちを残したまま別れることになり、それでも諦めませんでした。もはやストーカー並みにヒロインに執着し、絶対に逃がしません。ヒロインのためなら不可能を可能にする気概のあるヒーローです。ヒロインも事情があって復縁を拒みますが、ヒーローが忘れられずに心が揺れて……という、一途な主人公たちになりました。

ちなみにコンセプトは、『眠る前にサラッと読める読み物』です。設定やディティールに凝ったものではなく、ただシンプルに『ヒーローからとことん追いかけられて愛されるヒロイン』の物語にしました。読んだあとに、ほんわかと幸せを感じていただけるような話になっていればいいな、と思います。

イラストは、駒城(こましろ)ミチヲ先生がご担当くださいました。先生のイラストが大好きなので、お引き受けいただいたと聞いたときはガッツポーズをしたくらいです。

少し前にカバーと口絵を拝見したのですが、ヒーローとヒロインの色気がたまりません！　主人公たちの関係性が現れているカバーの構図も素敵で、しばらく眺めてはうっとりとしております。イラストの力って本当にすごいと、先生のイラストを見ていると強く感じます。

駒城先生、素晴らしいイラストを本当にありがとうございます……！

本作を執筆している最中、いろいろとありました。今年はよく体調を崩して原稿が遅れ気味だったのですが、完全に書けなくなるという経験をしたのは初めてでした。熱があろうと執筆する人間だったので、パソコンの前に座れなくなったときは、もう廃業するしかないかな、と半ば諦めそうになりました。

そんな状態だったので、駒城先生や担当様をはじめ、関係各位には多大なご迷惑をおかけしました。この場を借りてお詫び申し上げます。心身が健康じゃないと、仕事もできないんだと今さら思っているしだいです。

そろそろ紙幅も尽きかけてまいりましたので、謝辞を述べさせていただきます。

本作の出版に携わってくださった皆様にお礼申し上げます。そして、紙書籍、電子書籍を各書店でご購入くださった皆様に、心より感謝いたします。本作が読んでくださった皆様に楽しんでいただけたなら幸いです。

それでは、また、別作品でお会いできることを願いつつ。

令和元年十一月　御厨翠

原稿大募集

ヴァニラ文庫ミエルでは乙女のための官能ロマンス小説を募集しております。
優秀な作品は当社より文庫として刊行いたします。
また、将来性のある方には編集者が担当につき、個別に指導いたします。

◆募集作品

男女の性描写のあるオリジナルロマンス小説（二次創作は不可）。
商業未発表であれば、同人誌・Web 上で発表済みの作品でも応募可能です。

◆応募資格

年齢性別プロアマ問いません。

◆応募要項

・パソコンもしくはワープロ機器を使用した原稿に限ります。
・原稿は A4 判の用紙を横にして、縦書きで 40 字 ×34 行で 110 枚 ~130 枚。
・用紙の 1 枚目に以下の項目を記入してください。
①作品名（ふりがな）/②作家名（ふりがな）/③本名（ふりがな）/
④年齢職業 /⑤連絡先（郵便番号・住所・電話番号）/⑥メールアドレス /
⑦略歴（他紙応募歴等）/⑧サイト URL（なければ省略）
・用紙の 2 枚目に 800 字程度のあらすじを付けてください。
・プリントアウトした作品原稿には必ず通し番号を入れ、右上をクリップなどで綴じてください。

注意事項

・お送りいただいた原稿は返却いたしません。あらかじめご了承ください。
・応募方法は必ず印刷されたものをお送りください。CD-R などのデータのみの応募はお断りいたします。
・採用された方のみ担当者よりご連絡いたします。選考経過・審査結果についてのお問い合わせには応じられませんのでご了承ください。

◆応募先

〒100-0004　東京都千代田区大手町 1-5-1　大手町ファーストスクエアイーストタワー
株式会社ハーパーコリンズ・ジャパン　「ヴァニラ文庫作品募集」係

敏腕CEOの愛は重すぎる⁉
～逃れられないプロポーズ～

Vanilla文庫 Miel

2020年1月5日　第1刷発行　　定価はカバーに表示してあります

著　作　御厨 翠　©SUI MIKURIYA 2020
装　画　駒城ミチヲ
発行人　鈴木幸辰
発行所　株式会社ハーパーコリンズ・ジャパン
東京都千代田区大手町1-5-1
電話　03-6269-2883（営業）
0570-008091（読者サービス係）
印刷・製本　中央精版印刷株式会社

Printed in Japan ©K.K.HarperCollins Japan 2020 ISBN978-4-596-58939-2